何積石 著

上海書店出版社

扉頁題字：印學百咏　截玉轩健碧（陳佩秋）書

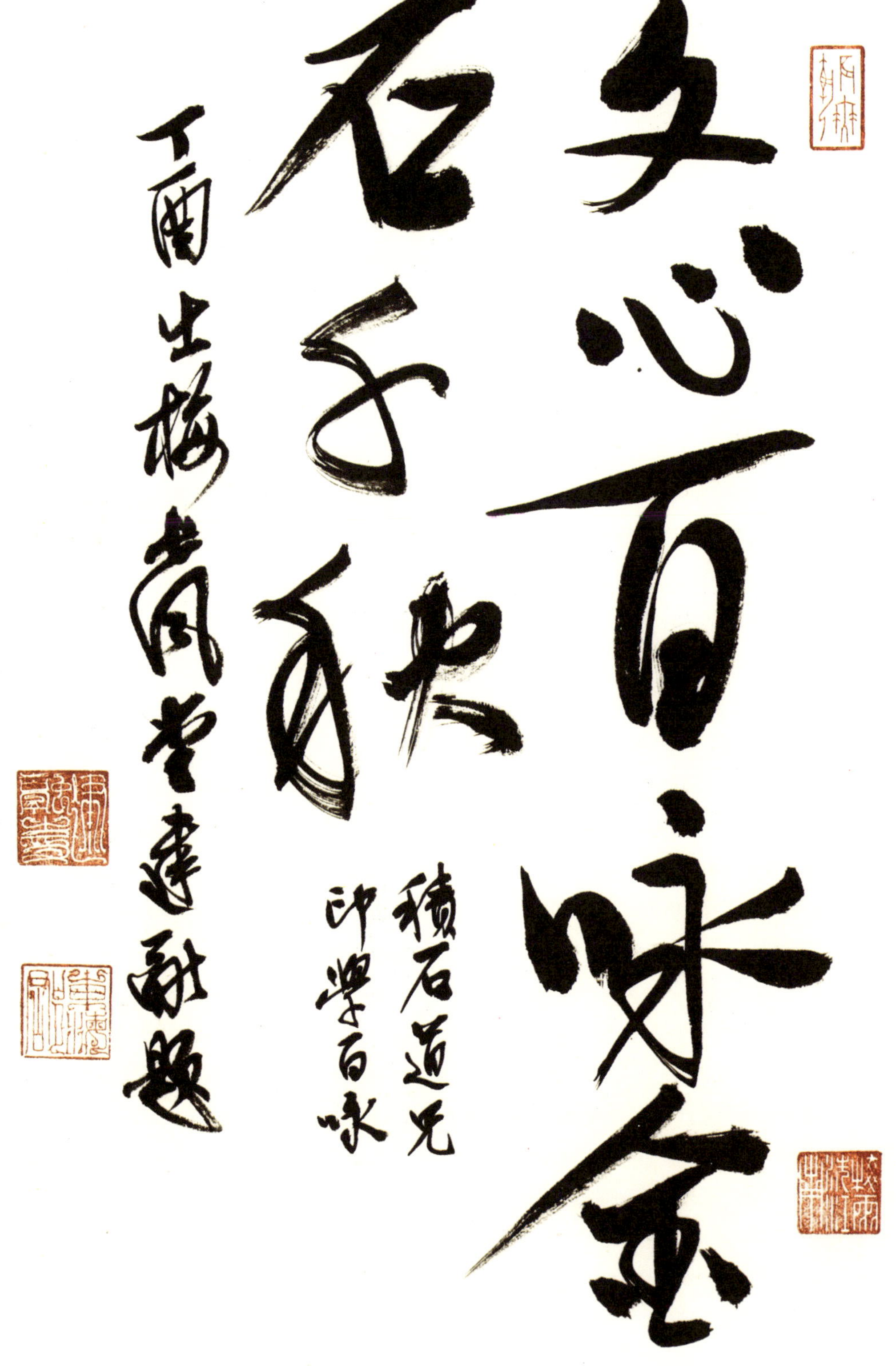

徐建融

文心百詠，金石千秋。
積石道兄印學百詠。丁酉出梅，長風堂建融題。

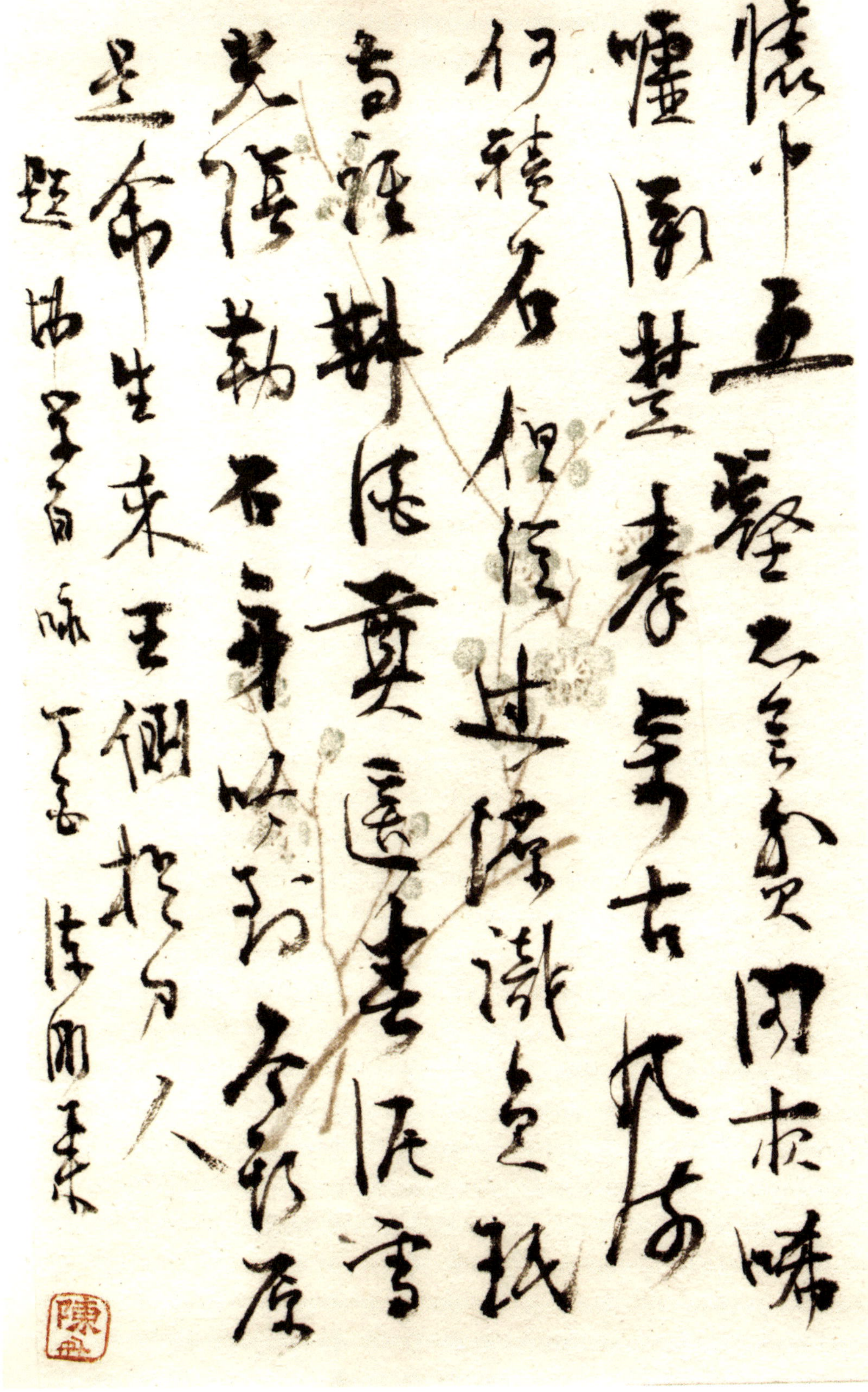

陳鵬舉

懷中丘壑不言貧，閣夜唏嘘溯楚秦。万古風流何積石，但從過隙識貞珉。
與誰斟酒莫遥春，泥雪光陰勒石身。吟到盡頭原是命，生來王側捉刀人。
題印學百詠，丁酉，陳鵬舉。

目録

序一

胡中行

我與何積石先生有過數面之交，其實較真起來，連數面之交也談不上，只能説是一面之交，因爲數得清的幾次見面，都是在公衆場合一晃而過的，連一句話都没説，一次手也没握。見過之後，我只知道天底下有個何積石，是刻印章的；他大概也只知道天底下有個胡中行，是個教書的；僅此而已。

真正的交往只有一次，那是去年末今年初在晚報祝鳴華處，三人在一起聊了一小時，彼此留了微信。記得那天是他先走了，他的一些「事蹟」都是鳴華告訴我的，細節記不住，只知道他在當今印壇算是個人物。那次之後直到今天，我們又是未曾謀面。

但是要感謝現代化，我們在微信朋友圈裏有了一些互動，我看了他的佛像印，也看了他的部分書畫和詩歌，感覺蠻好，而他對我的感覺大概也不差。總之是彼此看着順眼。一個多月前，他發來微信説，自己的《印學百詠》即將付梓，問我能否爲他寫個序。我很乾脆地回答説「好」，並且承諾國慶期間交稿，現在想來，當時答應得有點草率了。因爲自己對印學一竅不通，甚至連個「門外漢」都不如，因爲在這個領域我根本就是「不得其門」的。但是「君子重諾」，這篇序言還是非寫不可了。好在看了積石的大作之後，我的確有些話想説。

通讀了全書，我的結論是：這是一本值得看，值得收藏的好書。好就好在它爲怎樣才能成爲當代藝術家提供了一些探索，也爲怎樣才是真正意義上的當代藝術家提供了一些思考。

我讀這本書，首先感受到的是書中的學術性，一百零八首詩，分别從印式、印史、印人、印話四方面論印，名副其實地體現了「印學」的主旨。從傳統意義上説，任何藝術都有「家」與「匠」的區别，而能否做到「知行並舉」，即理論與實踐相統一，則是兩者分野的重要標誌。就印壇而言，先賢自不必説，即以當今大家而論，亦多有印學著作、論文或觀點傳世者，如韓天衡的《中國印學年表》、《天衡印譚》、《印學三題》，劉一聞的《中國印章鑒賞》、《一聞印話》，童衍方的《篆刻刀法常識》，徐正濂的《詩屑与印屑》等等，這些著作昭示着大家之所以成爲大家的理由。我説句比較武斷的話，一位治印者，如果只有印譜而無印學傳世，或可成名家而斷不會成大家。據鳴華兄説，就印藝論，與積石處於同一層面者爲數不少。我則認爲，積石憑藉這本體現「知行並舉」實力的印學著作，或可脱穎於其中吧？

我讀這本書，其次感受到的是書中的藝術性。説到底，這是一本以印學爲題材的詩集。古代的藝術家，多有詩書畫印並佳者，其中詩的地位比較特殊，因爲書畫印是藝術，而詩是文學，所以在「詩書畫印」的結構中，它是作爲一個藝術家的修養或底藴而存在的，齊白石曾説自己是「詩第一，印第二，字第三，畫第四」，其實反映的正是他内心深處對詩的敬畏與嚮往，這應該是當時藝術家們的普遍心態。但是到了當下，詩與書畫印的關係漸行漸遠，藝術家不會寫詩成了常態。對這種現象，我是這麽認爲的，作爲一個當代的藝術家，你可以不寫詩，但不可以不懂詩。因爲一個對詩毫無感覺的人，是不可能成爲傳諸後世的藝術大家的。

在這裏，我想别出心裁地以西泠印社歷任社長爲例，來佐證一下自己的觀點：

吴昌碩的題畫詩自成一家，詩歌造詣自不待説；馬衡留有八十多首舊體詩手稿，總體風格雄闊悲壯；張宗祥也是詩詞高手，如他的《八十書懷》有云：「天憐手眼今如故，料是償書債未清」，自是佳句；沙孟海存詩不多，但他的自撰聯語絶佳，如自嘲：「逢人皆債主，無地置閑身」，針對求書者太多的狀況而作，寫得既真且謔；趙朴初創作甚豐，且工詞曲，他的「某公三哭」影響極大；啓功的《自撰墓誌銘》情理趣味俱足：「中學生，副教授。博不精，專不透。名雖揚，實不夠。高不成，低不就。癱趨左，派曾右。面微圓，皮欠厚，妻已亡，並無後。喪猶新，病照舊。六十六，非不壽。八寶山，漸相湊。計平生，謚曰陋。身與名，一齊臭。」使人且笑且悟：饒宗頤是國學大師，僅舉一首《泰姬陵》，即可窺斑見豹：「名陵風月異朝昏，眉嫵遥山帶淚痕。莫道霸圖今已矣，御街墜葉爲招魂。」

我仔細看了積石書中的全部詩作，感覺到詩中有一種情理結合之美，格律嚴整而靈活，用詞無華而準確，意蘊明白而雋永。我特别欣賞寫文字演進的那幾首，試以《甲骨文字》爲例：

卜辭出土撼安陽，刻畫天真筆法藏。

猶憶當年龍骨夢，問誰讀破古文章。

這首詩首先能使大家看得懂，又能從中學到甲骨的歷史與特點，更有自己的思考與觀點，確實稱得上一首好詩。縱觀當今滬上印壇，在吟詩作詞方面可與之爭鋒者寥寥，説他是其中的「第一詩人」恐怕也不爲過吧？

讀這本書的另一感受是衆多書家的參與和捧場，雖然這種形式並不罕見，但真正做到珠聯璧合、相映成趣的卻不多。以詩書結合爲例，「鮮花插牛糞」的現象很普遍。不少名書家抄録拙劣詩，還不自知自覺，這是很令人惋惜的。究其原因，一是書家實在太不懂詩，二是作詩者太無自知之明。這種現象證明了當今傳統文化之嚴重缺失，反過來更證明了積石這本書出得及時，所以彌足珍貴。

序二

呂金成　韓祖倫

自吳昌碩先生主盟海派書畫印藝術，藝壇善詩者便不乏其人，若王一亭、潘天壽、王个簃、諸樂三、趙雲壑，皆一時俊彦，此所謂「玉在山而草木潤，淵生珠而崖不枯」。吳公殁後，海派詩、藝同進之餘韻雖亦不絶如縷，而漸趨式微終爲不爭之事實。

何積石先生，博學多才，汲會稽故土山川毓秀之靈氣，複以海派藝術廣采相容之胸襟，劬劬從藝五十載，書、畫、印三者俱入佳境。然其孜孜以求者，兼及詩學，吟誦於斯將三十年矣。究其意，豈非踵前賢遺風，登詩、書、畫、印「四能」之境乎？丙申歲，積石先生出其詩學力作《印學百詠》以示，展卷之下，爲之眼界頓開。所成七言絶句一百又八首，約可歸於文字、印章、印人、印論四部。自文字、印章起源至其流變，印章派生文人篆刻並形成獨立藝術，洋洋乎覆蓋印學一道，且格律嚴，詠敘精，見地高，良可嘉也。由此思忖，以其規模架構而言之，此豈止詠印之詩，實詩體之印史也。撫卷細披，多有會心獨到之處，讀之每欲擊掌，令人不能釋手，讀罷久久縈懷。如文字之部有詠甲骨文字之作：「卜辭出土撼安陽，刻畫天真筆法藏。猶憶當年龍骨夢，問誰讀破古文章。」甲骨卜辭出土乃學術史上石破天驚之發現，自河南安陽小屯村民掘土偶然而得，至誤作「龍骨」進入藥鋪，屢歷曲折最終爲前輩學人鑿破鴻蒙，改寫中國古史，並爲近現代書法篆刻藝術辟一全新領域，內涵包容之富不啻一部殷商史。積石先生以寥寥二十八字點出個中精要，實非遊戲筆墨所能爲之。又如印人之部有詠顧從德之作：「穿越時空筆有恒，勞心輯譜現才能。認真得法添生氣，附勢陳情案上稱。」顧氏爲有明一代著名之印章藏家。其所輯《集古印譜》于印學史首創原印鈐拓，其留存彼時所見之古璽、秦漢印原貌既准且精，世人矚目。泛泛者或謂顧氏非印人也，而積石先生持論以印史爲鵠的，推《集古印譜》爲時代之創舉，後世印譜之楷模。顧氏于印史之功穿越時空，其爲印學家之歷史地位不容撼動。以此略拈之例而觀之，若言詠甲骨文字之作得窺論者之學養，詠顧從德之作則尤可見論者之史識。世無盡善之文字，《印學百詠》亦然，唯學與識兼具，其于印史庶乎近也。鑒此，《印學研究》雖無編發韻文之先例，而鑒於《印學百詠》文簡義高，見卓識，啓後來，破例在第八輯全文刊佈，旨在饗同好、廣切磋，此或爲印苑一文字緣也。

今春，積石先生鼓餘力而精進，再出《印學百詠》以示，並囑爲之序。見其於原有之文字，既雕既琢，更歸於樸，複有諸多增益處，則逐詩選配精美印例圖版而成專著，納同道書印雅作以爲輔，但見朱墨燦然於圖文之間，即上海書店出版社付梓。掩卷而思，似有所悟。蓋積石先生欲臻詩、書、畫、印於通境，非唯自吟自娛以自許，實承海派藝術之統緒，揚人文精髓以清流也，故其志、其慧、其勤、其癡皆聚於此矣。世間事不患不能而患不爲，爲之，其不虛此生信有定評。《印學百詠》之成，俾藝壇同好得吟詠之快，懷景賢之思，究學術之真諦，尋藝術之本源，其有裨于印學藝事可得而見也。

是爲序。

時丁酉穀雨前三日

引 子

鈍刀千載夢搜尋，太古印魂追到今。
閱盡榮枯前世悟，和詩投老會知音。

盤古辟地，女媧補天，覽洪荒風雨，推萬世英雄。石木取火，漁樵謀事，於是刻畫符號，持信稱璽，辟邪納福，進而揚名立威，權力江山，造勢天下。歷經人間歲月，朱墨想像篤定，守節示信，敬畏滄桑。唐宋以降，士氣彙聚，詩書畫印之風開來，洵乎人文精神也。余學印五十載，寧拙毋巧，寧淡毋燥，寧真毋俗，寄情問道，明心見性，知榮辱，忘貴賤，具足精進，本分使然矣。歲次丁酉登高時，上虞何積石記。

鈍刀千載夢搜尋，太古印魂追到今。閱盡榮枯前世悟，和詩投老會知音。

何積石作 丁酉秋日 陳燮君書

書法作者：陳燮君

佛印　真如（佛印）　心畫　但聞鑿石聲　好人一生平安

大道　文化東西大有年（邊款）　（均爲何積石作品）

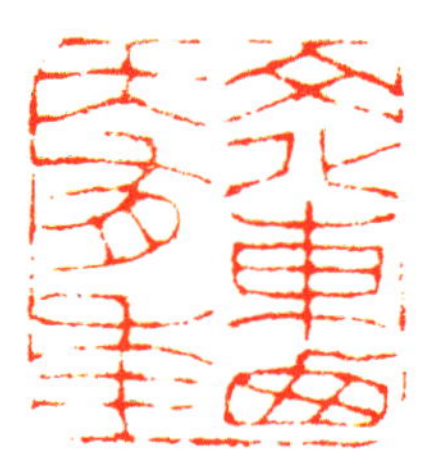

文字源

老少村前笑點頭，漁樵熱鬧慶豐收。
折枝劃地勤推算，心語應天文字留。

華夏先民，呼山引水，創業牽情，認緣結善。無怪乎成語共鳴，指事會意，劃沙造字，安得詩書畫印之本。大化正奇，得意萬千，神明道藝，蓄古風之氣，代代相傳矣！

老少村前笑點頭
漁樵熱鬧慶豐收
折枝劃地勤推算
心語應天文字留
文字源　九三翁林曉明

書法作者：林曦明

禺疆（戰國）　馴獸（漢）　符號印（殷商）　外國印（公元前）

竊曲紋（西周）　花紋印（戰國）　牛耕（漢）　巴蜀印（戰國）

書畫緣

至尊巖畫史前探，誠是先民智慧參。
瘦虎乖張神寄託，肥羊抽象字曾諳。

岩畫鑿刻，肖形可愛，以祈神靈，乃佐證史前文化之大觀。數滄桑，泣鬼神，俯察品類，善哉善哉。山水比興，人事相及，天地共存，固詩情勃發，拾得印跡，以致書畫同源耶？行深道藝所同，古今不逮，溯流浩蕩，是文明矣。

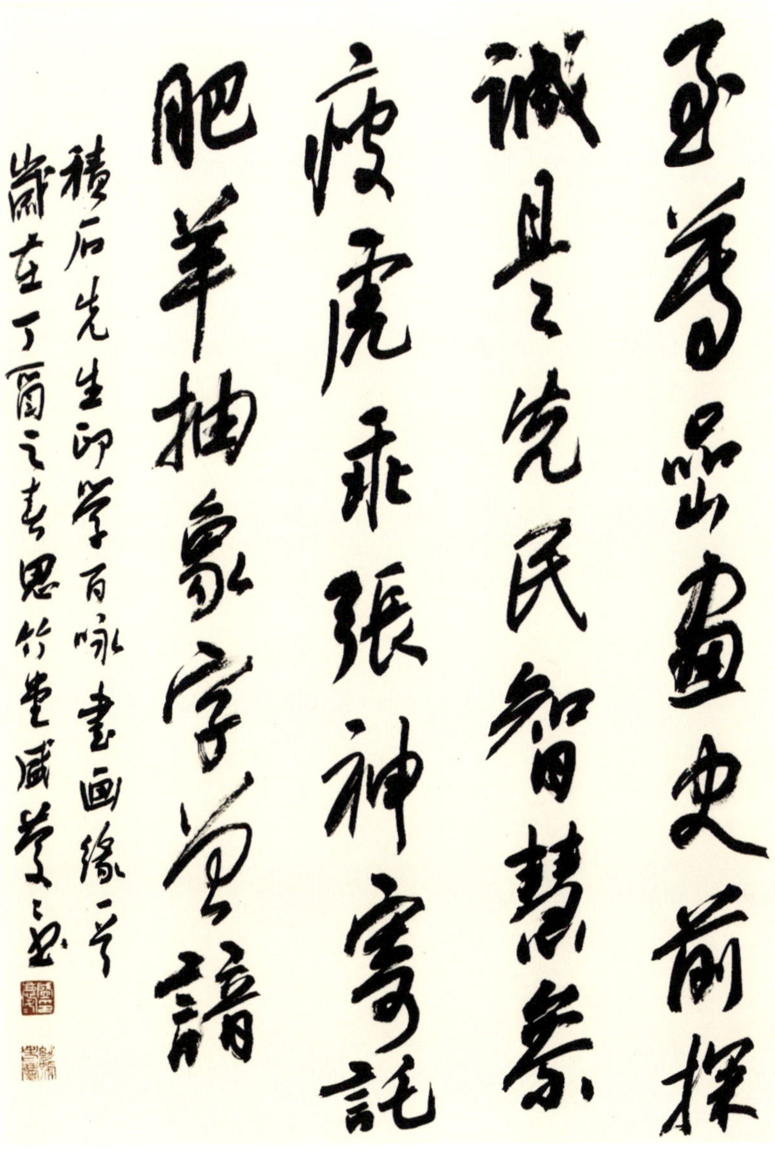

書法作者：盛慶慶

鳥魚（漢）　禽獸紋（漢）　龍虎（戰國）　花押印（元）　夔龍紋（殷商）

夔龍（戰國）　雙牛（漢）　車（春秋）　在虎竹（桂馥）　鳶飛魚躍（文士英）

肖形圖印

眷戀紅塵龜鶴壽，成仙禮數子孫瞻。
眼開到處詩消息，大匠經年不避嫌。

萬物列張，炎黃開明，崇天尚地，賴及機緣。心聲造字，端倪事由，終於圖騰，持符立信，憑信守權，援古今中外之印式。恭惟人事神怪之臆想，不拘異相，巧述深遠，遐邇心授示明，吉祥兮如意耶！

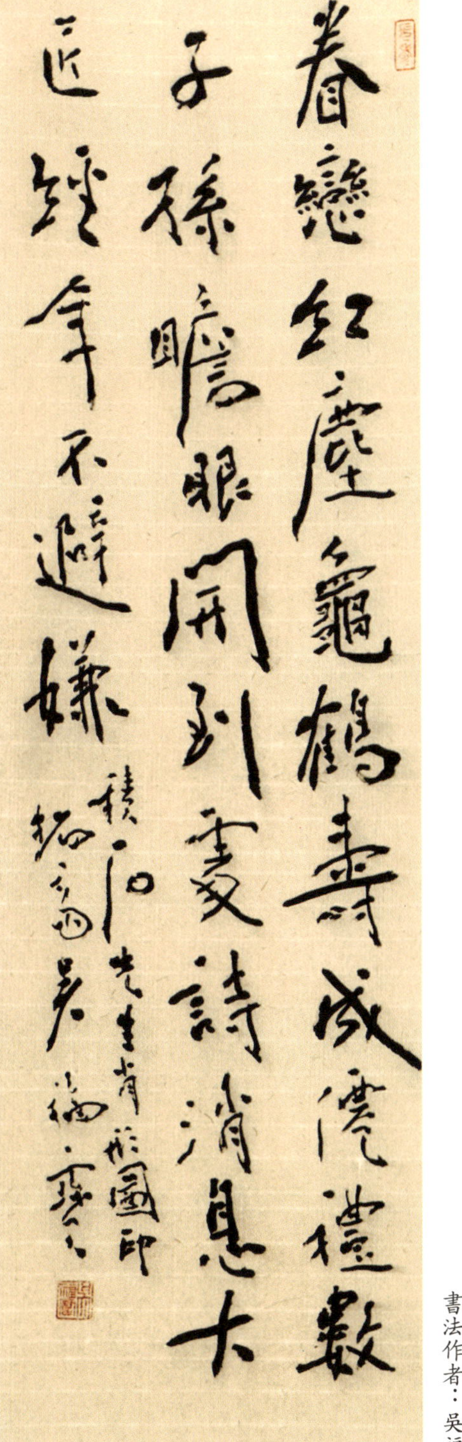

書法作者：吴福寶

操蛇（戰國） 雙人（戰國） 朱雀（漢） 閔喜（漢） 帝俊（戰國）
馴獸（漢） 徐成鈩徐仁（漢） 舞伎（漢） 兔（漢） 弁弘之印（漢）

甲骨文字

卜辭出土撼安陽，刻畫天真筆法藏。
猶憶當年龍骨夢，問誰讀破古文章。

鐫刻於龜甲獸骨之字跡，被證殷商遺物，爲華夏古文字之一，世稱契文、卜辭。清朝末年，上契飽學之士過藥房，撞見「龍骨」之藥材，再三求索，文字圖像，變化多端，繁簡隨意。終爲世人所寶。印界之嗜古，別開新端也。頓現，

書法作者：楊茂國

般若（鄧爾雅）　雲從龍（徐無聞）　鳳（童大年）　集百家言（簡經綸）

孺子牛（朱復戡）　甲子（趙叔孺）　吳塙（春秋）　年年有魚（何積石）

古陶文字

立事超奇酒養尊，繩規合拍印留痕。
前言虛實感懷久，後記名聲風雅存。

古陶器上之印記，各擅風姿，皆先民勞作之舊跡也。推本溯源，世味渺茫，幾乎與刻畫同步，業已卜辭早前，終被認爲古文字研究之成果矣。其字粗獷含蓄，稚拙古樸，瀟灑率真，引印人紛紛效之。

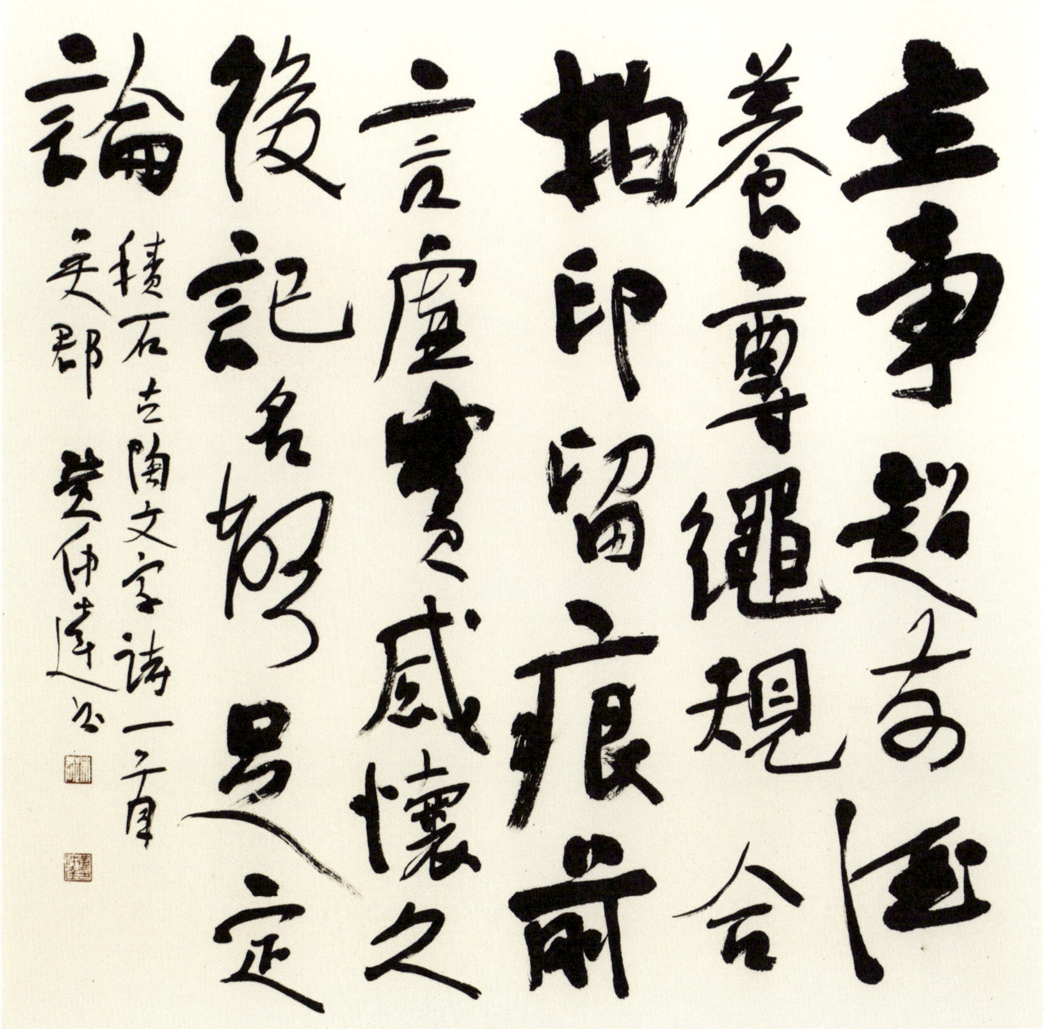

書法作者：黄仲達

幻腡（戰國）　得齋奠昜（戰國）　千石（簡經綸）　陳榑立事歲安邑亳釜（戰國）

蔓圓南里贔（戰國）　節墨之其市工（戰國）　陽城冡（戰國）　辛邑□市料（戰國）

鐘鼎文字

好戰君王亂記功，狂言特寫廟堂中。
只今寶器證天下，悉數輝煌唱大同。

鐘鼎文字繼甲骨、古陶之後盛行而得名。概以典雅遒麗，雄渾壯美，厚道精能，豪放不羈之風所爲，又名金文，俗名古籀、大篆。賴璽印遺制之流，竟成時俗，深固於此，究其示信不渝？

書法作者：田振宇

左正璽（戰國） 安官（戰國） 歷經不磨（商承祚） 郏菱璽（戰國）
徙昷之璽（戰國） 思間野大夫璽（戰國） 左桁正木（戰國） 千秋萬世昌（戰國）

簡牘文字

竹木斯文亦可觀，春秋大業被泥丸。
順天墨色風霜度，求證鄉關意未闌。

竹簡、木牘、帛書品鑒之下，正知古老墨跡，泛於先秦，盛於兩漢，終被紙質發明應用所替代。所表奇字異趣，會心罕睹，刀筆約形，墨氣紛呈。印家取其勢，擅其能，依樣聊備一格。

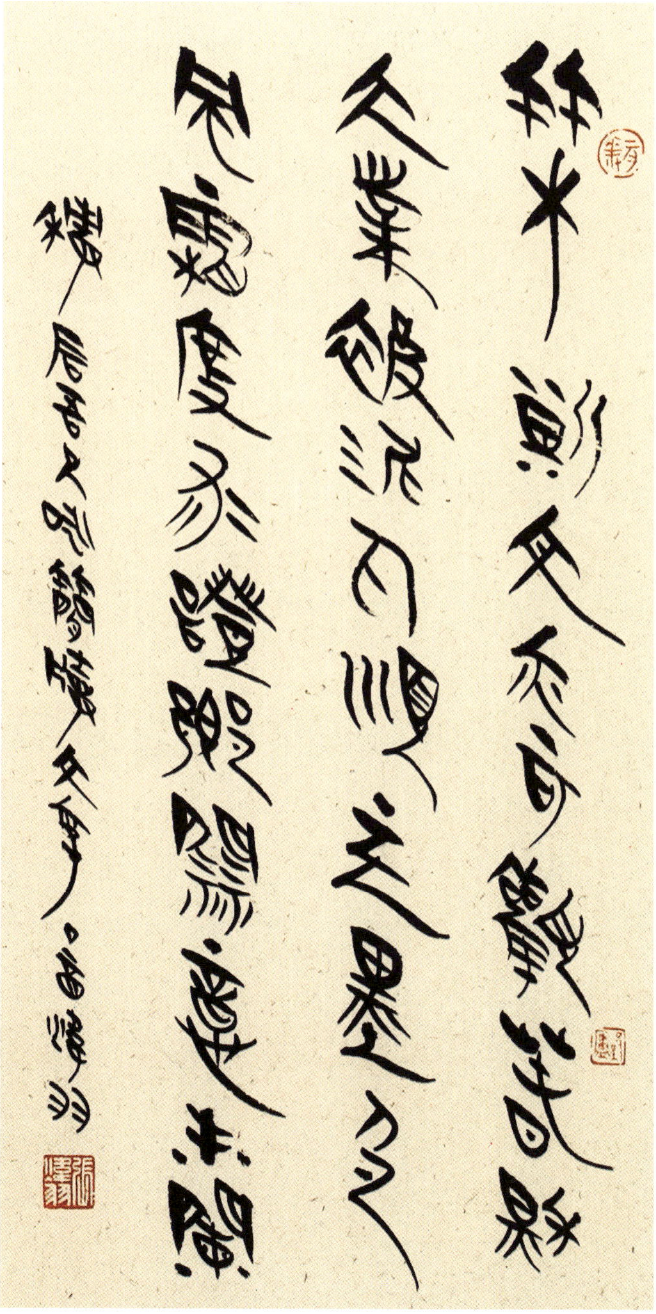

書法作者：張煒羽

陳之新都（戰國）　掌亯賨璽（戰國）　上場行邑大夫璽（戰國）　伍官之璽（戰國）

勿正關璽（戰國）　長平君相室璽（戰國）　龍市出璽（戰國）　考賨（戰國）

鳥蟲文字

耀武旗追車馬窮，丢魂戰火滿天紅。
越王敗北偷嘗膽，横劍城南數鳥蟲。

取篆書之形，呈鳥蟲之奇，窮瑰麗之狀，裝點嫵媚，盡美善之，深爲印家之好，總稱鳥蟲文字。細究所知，源於青銅紋飾，偏行春秋戰國之旗幡兵器，而神乎其神，法外之法，極盡巧飾能事也。

書法作者：孫志慶

閭丘長孫（漢）　椄治（漢）　鑲白旗滿洲二甲喇參領之關防（清）

祭睢（漢）　潘剛私印（漢）　郭康私印（漢）　武意（漢）

秦篆文字

祖龍玩弄霸王權，踏破雲沙一統天。
望海造神心不死，揮師血鑄太山緣。

秦吞六國，統一中原，推「書同文，車同軌」之策，法大篆，推小篆，維新是命，别稱秦篆、玉筯篆。其字體遒健雅致，圓轉流暢，舒展均衡，離時俗不遠也。是類印式經營，古風新意，誠可觀矣。

祖龍翫弄霸王權踏破雲沙一統天望海造神心不死揮師血鑄太山緣

積石先生印學百咏之秦篆文字

丁酉春日張遴駿書於食硯樓

書法作者：張遴駿

二金蝶堂雙鉤兩漢刻石之記（趙之謙）　張翼印信（魏晉）　法左丘尉（秦）　湘成侯相（漢）

李就（漢）　利紀（秦）　王初（漢）　李君之印章（漢）

吉金文字

帶字秦權黏緑苔，增光漢鏡映塵埃。
正知富貴纏綿事，偏説仙家不老猜。

鐘鼎銘文因厚重大器而顯莊重偉岸，王道著稱；錢幣、權衡、銅鏡諸器銘文則精細輕巧，簡約化形，謂之吉金文字。晚清印人參其意而復興，留其神而搏勢，良謀非易，天成方寸也。

書法作者：王夢石

千歲萬秋（秦）　不見是而無悶（趙之謙）　樊氏（宋）　金印竟成（方去疾）　奮勇前進（陳子奮）

洀汕山金貞鍴（戰國）　□遣率璽（戰國）　支政閭（戰國）　吉祥鏡室（黃牧甫）

繆篆文字

變形小篆使新招，精緻中鋒別叫囂。
藏巧拙行疏密外，盈虧推理聖明標。

「摹印篆」之法理種種，超乎六書，挪讓纏繞，屈曲增減，繁簡靈通，據險絶，復平淡，得微妙法，取資鬼神，承綢繆之意而充溢漢印，慣稱繆篆。篆隸沉思，巧拙所至，不失方寸匠心之久矣。

書法作者：洪序光

漢叟邑長（漢） 宋少季印（漢） 別部司馬（魏晉） 折衝將軍章（魏晉）
國子祭酒（喬大壯） 關外侯印（魏晉） 帶方郡丞印（魏晉） 明月前身（錢松）

古磚文字

江東得勢報平安，鄂邑吞聲注筆端。
爭奪天朝碑記讀，涉嫌山角古風攢。

秦磚漢瓦，其圖案靈動抒情，其文字正奇標新，其氣韻雅俗昭然。凡此紀年記事、吉語畫意之功德所爲，存世大觀，至徇達理，盡性異能，恰到好處。印壇後學，别樹一幟也。

江東得勢報平安鄂邑吞聲注筆端爭奪天朝碑記讀涉嫌山角古風攢

積石印家詩 丁酉三月 金重光書

書法作者：金重光

敬告郵更名曰待（易大厂）　鄧忠（漢）　鄞縣沙文若孟海朝夕諷籀之書（沙孟海）　醫衙（戰國）

道在瓦甓（吳昌碩）　百年七萬二千飯（王个簃）　汗赭（唐）

草書文字

降龍紙上風雷湧，伏虎歌前夙願牽。
落拓破塵情未盡，千鈞發力托詩篇。

啓於箋劄，安於逸筆，曲直藏真，酣暢流麗，非激情而爲之。況乎章草、今草、狂草之别，呼應而來。文以載道，博彩所長，滋彰會意，蔚然成風。鮮學好事，所同怡然，亦印家别格矣。

書法作者：周煒旻

立馬第四部記（五代）　問蒼茫大地誰主沉浮（方去疾）　毛澤東婁山關詞（韓登安）

以德立國（明）　關防記（元）　自彊不息（韓天衡）

隸書文字

張遷禮器石門頌，樸拙蠶頭雁尾奇。
追本重温皆入夢，由衷共性便神之。

隸書，又名漢隸，亦稱史書、分書。因小篆書寫速度過慢而不敷實用，因草書流美草意而不夠莊嚴，終於化圓轉方，特開門户。大秦源起，兩漢正傳，可謂時來運轉，影響盛大，關乎印式，古味誰存？

張遷禮器石門頌樸拙蠶頭雁尾奇追本重温皆入夢由衷共性便神之
高式熊書時年九十七

書法作者：高式熊

沙隨程迴（宋）　文學世家（羅叔重）　春陵之印（漢）　張季（張大千）

零陵太守章（魏晉）　右策寧州留後朱記（五代）　佛印・南無大慈大悲救苦救難廣大靈感觀世音菩薩肰犀弟子願生生世世一心供養（來楚生）

行書文字

飛騰妙跡納精靈，邃古斯文擺造型。
香袖一揮時尚否，元來昨夜認蘭亭。

介於隸書、草書之行書文字，綿連浪漫，行止靈動，筆勢獨運。每思其楷法多於草法則稱行楷，其草法多於楷法則稱行草，隨機妙用，極盡貫通。宋元押印所用字體以爲楷書出，其實行楷多見矣。

書法作者：何紹廉

以意爲之（簡經綸）　上海市歷史文獻圖書館藏（吳樸堂）　太清（宋）　壽光鎮記（宋）

都檢點兼牢城朱記（五代）　太原郡王（宋）　安樂（宋）

楷書文字

鋒藏魏晉不同書，鎖定現形顏柳譽。
往復臨摹真本事，九成宮裡忘當初。

繼漢隸，承魏碑，精微筆法之唐楷，被學者奉爲楷模，又名正書。其筆勢横平竪直，形體整齊方正，技法完備嚴謹。然，久習拘泥刻板，易墜入館閣仿宋之書而不拔。楷法入印，通俗實用，古今不衰也。

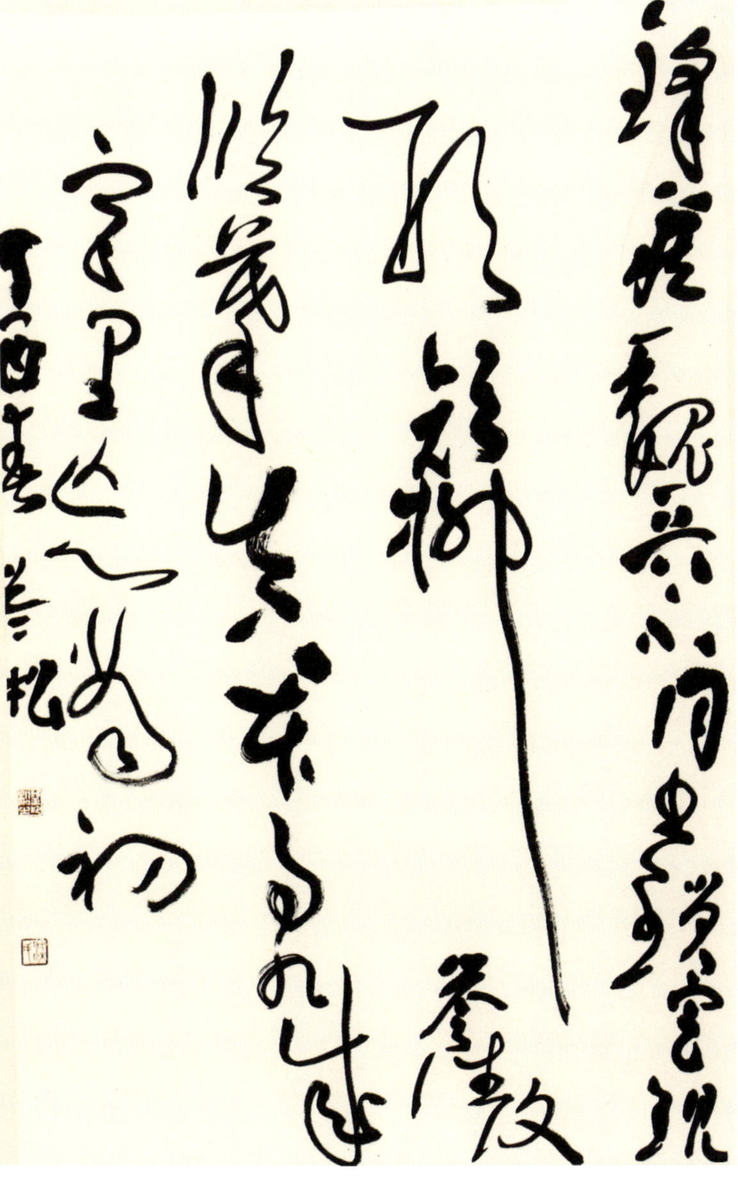

書法作者：梁益松

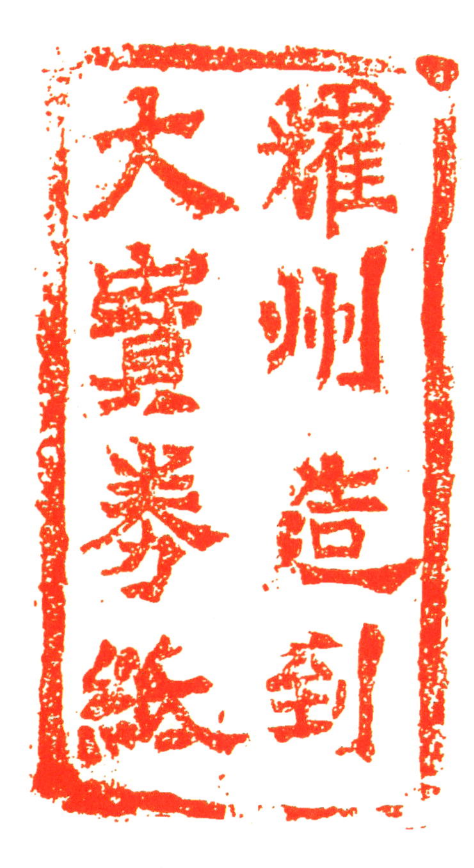

開元路退毀昏鈔印（元）　彭城郡記（元）　臨危不懼（沙孟海）

俏也不爭春只把春來報（來楚生）　重華嫡裔（談月色）　耀州造到大寶券紙（元）

陶拍印式

預期放下三千寶，吉語新生和夢長。
大膽摇身撐市面，應時轉益訴衷腸。

陶拍，先民生活之工具也。以陶土扶植爲節，拍制符號，抑印留痕，定義模範，相及虚實之功能，光大凹凸之神奇，遂臻大器。是舉，生意盎然，尋味耐人，務兹印壇之先耶！

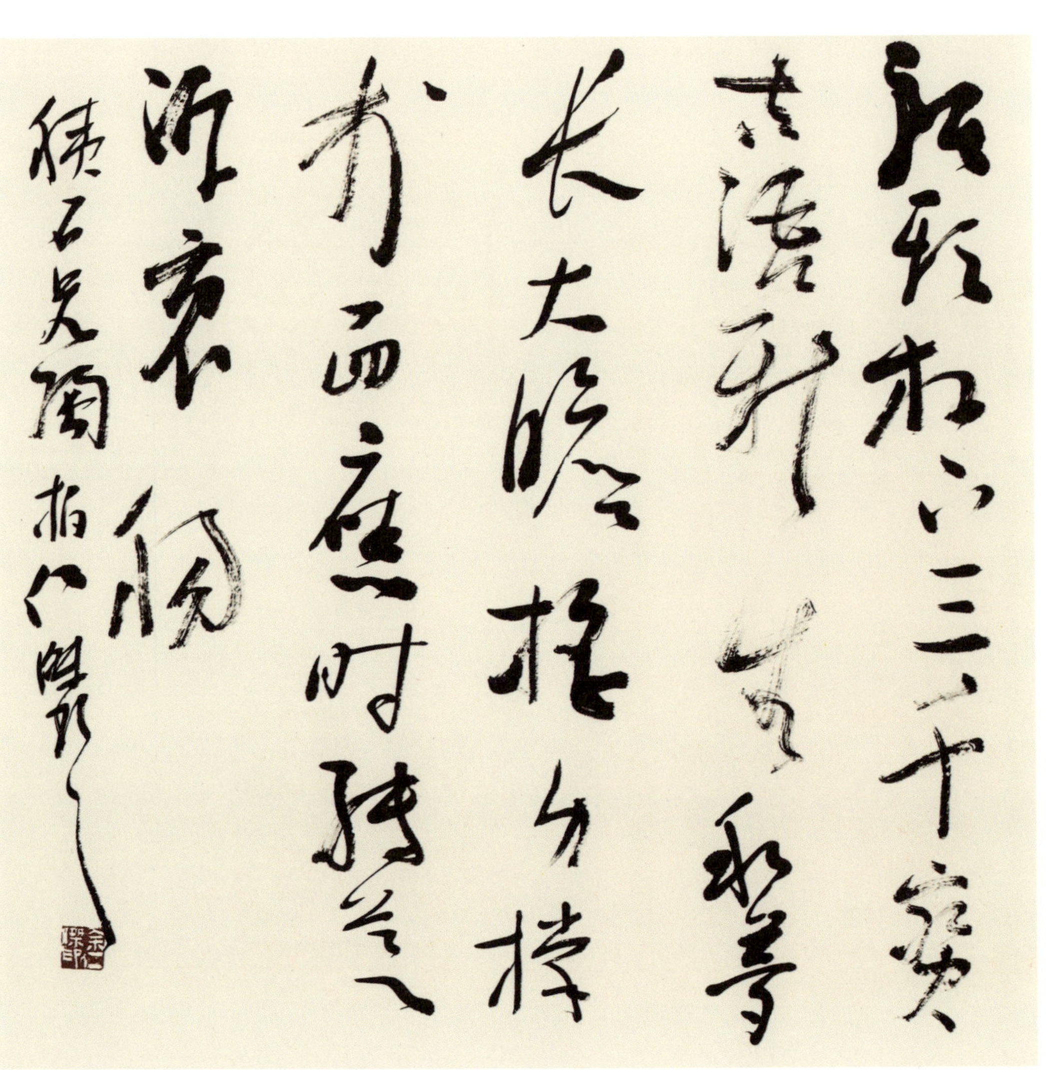

書法作者：余仁傑

口昜城璽（戰國）　陳榑三立事歲右廩釜（戰國）　余子口尹王宰（戰國）

左桁正木（戰國）　雲陽縣印（唐）　鄭昜陳得三（戰國）

古璽印式

紅豆斜陽泣鬼神，朝歌氣勢早隨塵。
爭强約法向天許，笑問尊嚴有幾人。

先秦印章，泛稱古璽，尊卑通用。以青銅材質爲主，呈偏薄之形爲初，加穿孔鼻鈕，成就印式之大略。隨之印鈕增厚，至覆鬥、瓦鈕、橋鈕，龜鈕、螭鈕，久傳時代氣稟。秦帝至尊，非特權禁稱璽，違者誅之。

書法作者：曹溥公

中官徒府（秦）　紋璽（戰國）　木陽司工（戰國）　斉馬官璽（戰國）　右褐府印（戰國）

江垂行邑大夫璽（戰國）　東武城攻幣璽（戰國）　昜都邑聖徙盟之璽（戰國）　求索（何積石）

玉印印式

追仙不厭荒唐事，高築秦陵寶物堆。
最恨亂權欺百姓，民膏刮盡想蓬萊。

窮天地之精華，合人文之因緣，琢玉專美已備。戰國玉印標新奪目，温潤和雅，玲瓏剔透，工藝益巧，爲權貴所擁有。秦皇尤顯霸道，禁天下莫能稱璽。印林不惑，心與古會，藝術相異，雅俗分明矣。

書法作者：朱曉東

緁伃妾娋（漢）　魏嫽（漢）　隗長（漢）　司馬縱（漢）

賈夷吾（漢）　龐比干（漢）　匈奴相邦（戰國）　帝□壽永（清）

封泥印式

簡牘遲來血汗頻，卷宗機密墜風塵。
九權信義泥封事，一霸防奸話認真。

封泥，又稱泥封。古代簡牘長物移轉時，常設繩槽，裝點泥丸，抑印封緘，以驗信憑證，防奸洩密。行于先秦，迄于魏晉南北朝。形體斑駁有趣，點畫質感豐富，文心雕龍，貌古招譽。印學好之。

書法作者：閔　鳴

中車府丞（秦）　左司馬聞□信璽（戰國）　雒右尉印（漢）　皇帝信璽（漢）

掌畜丞印（漢）　臣賜（漢）　日利（漢）　宣和印泥（方去疾）

石章印式

如霞凍石聚書房，似寶英名四海揚。
大小龍恩情切切，盡忠鳥跡好珍藏。

似玉非玉之凍石，瑩潤可人，適文人墨客縛雞之力把玩。青田、壽山、昌化、巴林及海內外石材相聚印壇，先覺素材，進而雕鈕薄意，競價高下。印事古法，探究例證，先秦有聞矣。

書法作者：潘以超

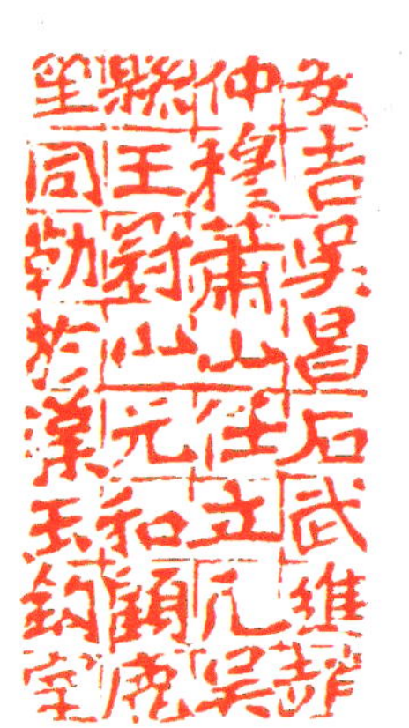

臨湘令印（漢）　此詩更欲憑君改（錢君匋）　煙波釣叟（何震）　千尋竹齋（吳昌碩）　遊乎萬物之祖（簡經綸）　程魚（程十髮）

我師造化（王个簃）　安吉吳昌石武進趙仲穆蕭山任立凡吳縣王冠山元和顧鹿笙同勒於漢玉鉤室（王大炘）

什器印式

瑪瑙水晶牙角多，寸丹活計舊時歌。
攀高受用驚人句，示美留名靠玉柯。

治印之道，步華夏文化而精進，興會所用，神合惟新，種種印材先後呼出，大凡統稱什器，總有可觀。追昔撫今，誇詫雅意，印家重吉言妙語，重器質神形，隨之功德，信今厚後，奚可窮其妙乎？

書法作者：曹心源

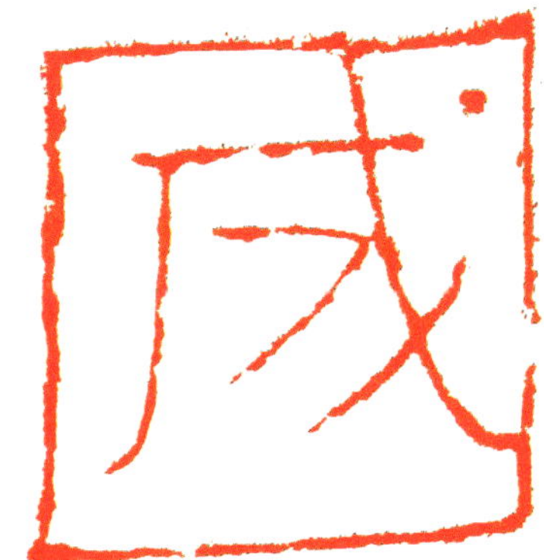

攘之（竹・吳讓之）　成（陶・唐）　季臨私印（木質・漢）　關中侯印（金質・魏晉）

富貴（骨・漢）　龍山道人（牛角・金）　長沙僕（瑪瑙・漢）　官（鐵・宋）

殷商璽印

長物猶存故土香，圖騰回味頌華堂。
殷墟考據由誰定，賞析卻疑天一方。

現藏臺北故宮等處之早期璽印，均出殷墟，當屬先賢之遺物。所思盡能，符號標記，圖騰炫耀，避邪祈福，憑信示權之種種。敏求既久，古樸氣象之迷人，神秘臆想之天成，臻於神奇，非大匠莫爲耶！

書法作者：徐慶華

亞禽　朋甲　奇字璽　饕餮紋　饕餮紋

饕餮紋　青銅紋　吕

西周璽印

周原招眼好前程，隴上拈花辨鳳聲。
捉鬼話前紅日對，封神筆下彩雲爭。

西周遺址之周原，位陝西扶風縣。所出鳳様之璽印，簡樸平和，構思巧妙，形製奇古，天趣自在。順此禱告：世念信譽暢之，英雄本色猶顯，有鳳來儀，恭謹護身，無咎耳。

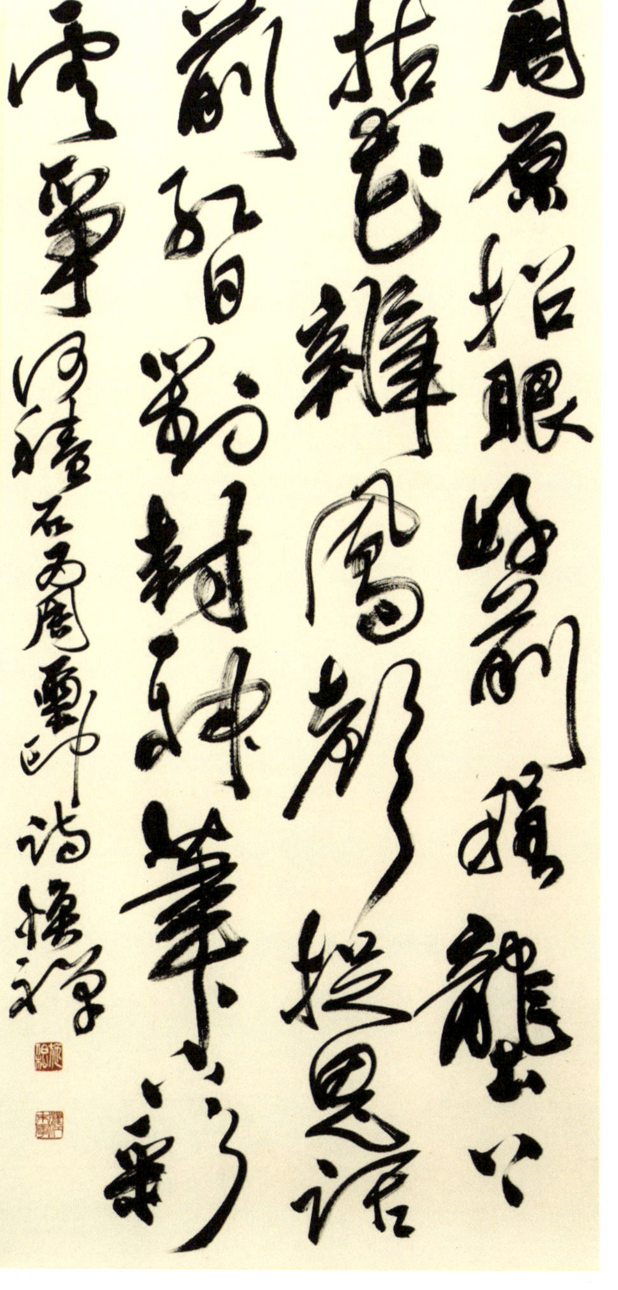

書法作者：施伯松

三角回紋 吉 鳳鳥紋 車
團龍紋 雲鳳紋 團鳳紋 火紋

春秋璽印

華殿靜修功德身，探玄誤入稻粱春。
心隨周禮護家國，左傳天邊佩印人。

《周禮》、《左傳》所載璽印之趣聞，班班有據，固知家國禮制之一二。蓋金石學初，好印者以識文字爲主，而忽視時代之認定，延年不察，終失考據。嗚呼，其弊究詰，且待明眼神説。

書法作者：吳友琳

王戎兵器　公孫㕓璽　右口正木　士君子　王孫之右

齊窯正䮂　君子　魚（肖形）　大車之璽　徒都左司馬敀

戰國官璽

揮師馬上奪城郊，懸月鄉頭喚菜肴

善解楚秦言語用，又兼齊魯信符敲。

璽印立信，持節稱霸，主導權威，上下利益，左右民生。印證七國縱横，學問百家爭鳴，人文之差異，地理之區别，不博不辨。往古面目，苦心造詣，是工匠，是賢能，博衷意境，盡才显举，孰可傳乎？

揮師馬上奪城郊懸月城頭喚菜肴善解楚秦言語用又兼齊魯信符敲

丁酉行偉書

書法作者：顧行偉

咸□園相　堂谷□丞　司馬攸璽　北鄉之印　錤司徒師

錢梁公璽　上蘠君之證璽　王瘳中壹　日庚都萃車馬

戰國私璽

熱血沙場榮譽謀，官家關照笑聲收。
村前醉見雙飛燕，回首炊煙半掩樓。

列國紛爭，諸子百説，成者稱王，敗者爲寇。達官貴人顯身份，聚人氣，競相佩印，坐享利益，笑傲江湖。成習持久，階層分明，山外有山，功名不改，世人既愛之復恨之。

熱血沙場榮譽謀官家關照笑聲收村前醉見雙飛燕回首炊煙半掩樓

戰國私璽　丁酉　張瑞田

書法作者：張瑞田

長紹　□□訊璽　敬　肖軌器容一斗　郝邦訊璽

君子之文　長安君　慎言敬願　王間信璽　可以正氏

秦代官印

慣見庸官多霸道，忽聞田格聚財迷。
趙高指鹿咸陽亂，徐福呼船東海犁。

秦霸主，吞六國，築長城，封泰山，鞭笞天下，威震四海。皇帝爲璽，百官稱印，强勢專權，既壽永昌。設田格印式，盡時代風采，疏密得勢，端莊有姿，儼然方圓，平直所至，摹印篆定矣。

書法作者：徐　忠

右馬將廄　浙江都水　琅左鹽丞　新昌里印

曲尉左陽　高陵右尉　寺從市府　右司空印

秦代私印

挽袖李斯誇海口，踏歌王醜盡天倫。
窮途印式半通定，盛世緣來鼻鈕陳。

官印等級森嚴，私印尤爲密制，取田格之半神美，俗稱半通印。形制既出，文字錯落，佈局活潑，蕭散簡拙，動靜相勢，足以昭示先秦璽印之遺趣，欹側寄興也。

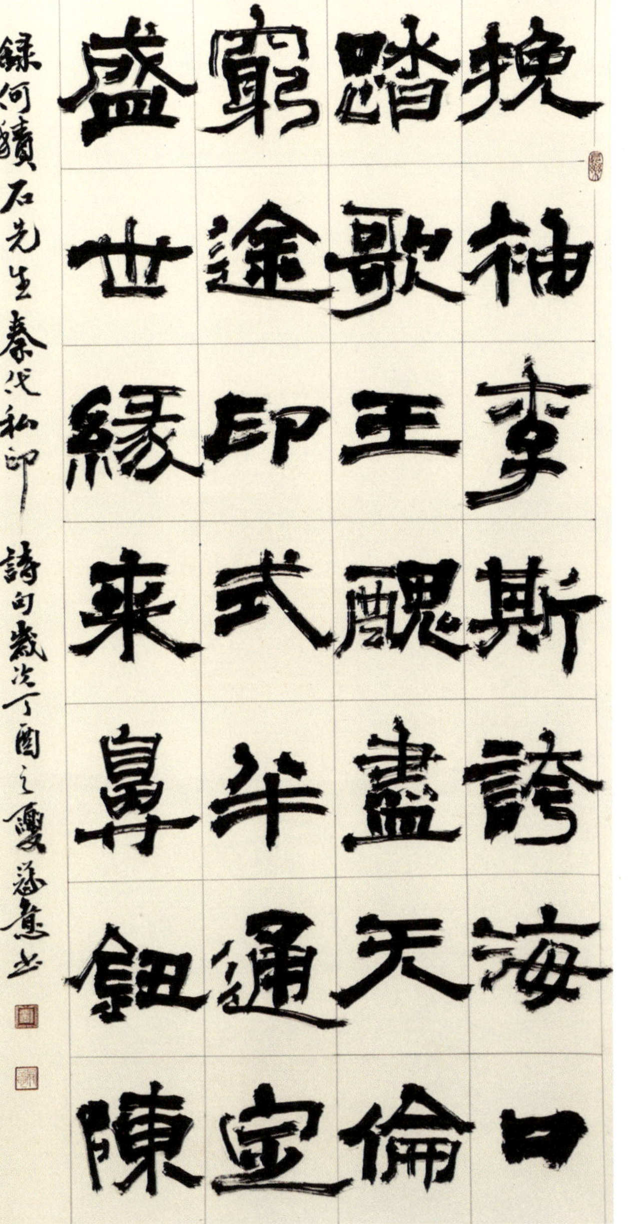

書法作者：劉冠意

陽平君印　王醜　司馬戎　段買臣　呂福
邦印　鄷丞　橋勝　子廚私印　李斯

漢代官印

橫刀楚界大風賒，賭命漢河明月嗟。
奮武將軍心未老，信都太守飯添加。

楚漢爭霸落定，論印稱章之風不克，棄田格，納摹印篆爲繆篆，漢印之美靈現。盛名之下，影響周邊民族之用印。逮時所長，或雍容典雅，或雄渾俊秀，或樸拙厚實。以致流派紛呈，宗其奥理而玄化矣。

書法作者：程慶長

大醫丞印　長沙丞相　軍司馬印　南執奸印

陽周僕印　屯田校尉史守之印　廣武將軍章　信都太守章

漢代私印

你去昆侖問馬牛，我來欸乃引江鷗。
抱琴屢約林泉醉，拾景不歸風雨愁。

漢時佩印之風遍及社會各界，尤其權貴人家，標榜信義，立證榮譽，甚至人登彼岸，亦不忘制印善後。自古一印一世界，全賴天成，淳樸敦厚，清麗絶俗，等是巧思，滋彰象外，渾然雅致也。

書法作者：范科進

中和府長李封字君游　日利（四靈）　公孫舒印　張衡　傅印捐之

丁若延印　閔印都君　泠平（龍虎）　大富貴昌宜爲侯王千秋萬歲長樂未央　皇后之璽

魏晉官印

流年征戰忘生死，累月貪功淚未知。
急就章前賢傑表，菩提樹下洗心時。

印傳章現，承上啟下，循茂朴敦厚，簡勁灑脱之制，足駭鬼神。適時，黨同閥異，忠奸群起，戰亂不止，印法率性，快刀直筆，急就機巧，臻于微妙，非常人可爲。法固如此，增減不羈，時稱急就章也。

書法作者：彭　飛

關中侯印　觀雀台監　裨將軍印章　牙門將印章　魏匈奴率善佰長

魏率善羌邑長　晉鮮卑率善佰長　晉歸義氐王　晉高句驪率善佰長　蠻夷侯印

魏晉私印

赤壁烽煙夜色推，鑒湖老酒墨香陪。
回看麻紙壽千歲，既定懸針篆一猜。

造紙工藝，時至漢魏，功成理會。封泥之作漸出舊制，紫泥印法運用而生。應時印面所造偏大前朝，幾近官印。朱白印文，相互輝映，研美平實，巧得其神。能事添足之懸針篆，何曾一時。

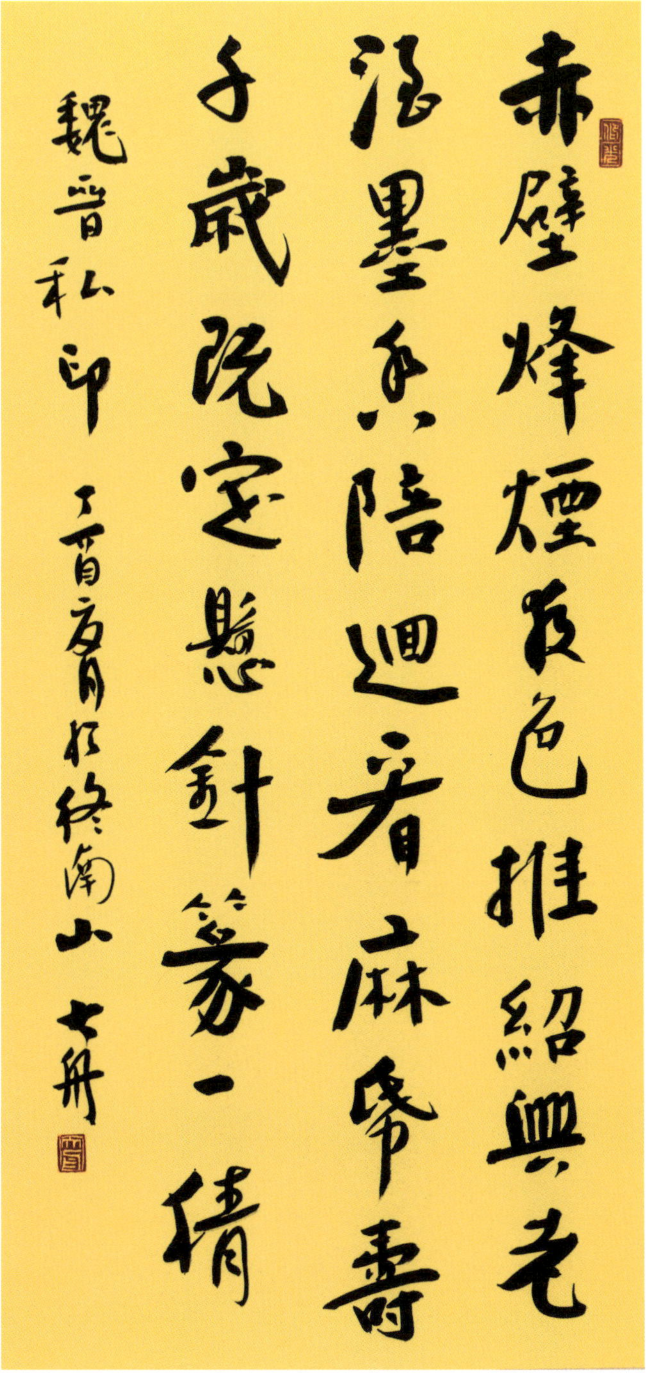

書法作者：雷　江

陳秦子方　荻仁之印　高少公　王長公　張和印信

梁秉印信　陳羨白牋　氾肇　臣肇　氾肇白事　氾肇　氾季超　氾肇言

南北朝官印

踼腳摇旗草木兵，抛頭竊國特權營。
六朝王氣付流水，三界金剛祈太平。

政權更迭，草木是兵，動盪無計。覽印事之變，奪神貌離合，荒疏中見奇姿，變形中見靈動，點劃隨意，鮮學虛實，與漢魏有所别否？爲防鈐印之顛倒，於印側刻字定位，一開落款新規耶！

踼脚摇旗草木兵抛頭竊國特權營六朝王氣付流水三界金剛祈太平

積石吾兄印學百詠之南北朝官印

丁酉小暑　曾明敬録

書法作者：曾　明

西都子章　陰密男章　武奮將軍印　蕩寇將軍印　虎威將軍印　即居令印
秀容行事印　振威將軍　平原太守印　伏波將軍章

南北朝私印

鐵騎揚塵鎖大江，梵音隔世繞晴窗。
廟前劍客盤桓久，遺老龍孫難搭腔。

沿漢魏二晉印式，直察精微，略能明瞭其中差異。至北周皇族權欲私漲，印面再度奪人眼球。歎時運不濟，梵音遍傳，釋道論禪，鑿建石窟。相聞敦煌抄經，善業鈐印，求證福祉，是實例，信乎！

書法作者：楊耀揚

天元皇大后璽　成超白事　獨孤信白書　房珪之印章

成東相印　王僧虔白牋　范陽公章　衛國公印

隋代官印

運河兩岸錦衣威，宫殿四時歌舞飛。
持信舊情缘未了，炎涼所寄證軍徽。

隋印順北周朱跡，借勢而立，開唐宋面目。雖稚拙疏散，剔繁就简，存乖張之弊，卻不失性靈爲寄。白紙黑字紅印，誠然妙不可言。予喻鈐印猶似升太陽，使之陰陽調和。否則，陰陽失調，難以和諧耶！

書法作者：周童耀

觀陽縣印　右武衛右十八車騎印　千牛府印
右一羽開府印　桑乾鎮印　崇信府印

隋代私印

驕稱藏拙漢時尋，隔世全疑唐宋擒。
怪事沉浮終有序，如神閲歷始牽心。

印章至隋，難以辨識，卻認爲衰弱期。究其實質，乃春蠶脱繭，脱胎换骨也。集印輯譜者，未重考據，常以釋文爲能事，而失時代風采。恍惚隱幻，魏晉印中，唐宋印外，謎底誰能解之！

書法作者：楊　劍

孫延壽　畢長私印　趙胡私印　妾陵余
若沖　徐翌私印　程融之印　萬壽（以上印風存疑）

唐代官印

敬存異彩帝王從，善念百僚書跡恭。
快馬聲寒飛蜀道，洛陽花放蕩心胸。

隋唐之印沿繆篆之變而生法，至李陽冰筆直追秦篆，以希靈通，方見端莊圓潤憨厚之意象，被稱唐篆。中規中矩，自在豐神，寓舒展之奇而奇，寄顧盼之妙而妙，庶可照應，印學當乎？

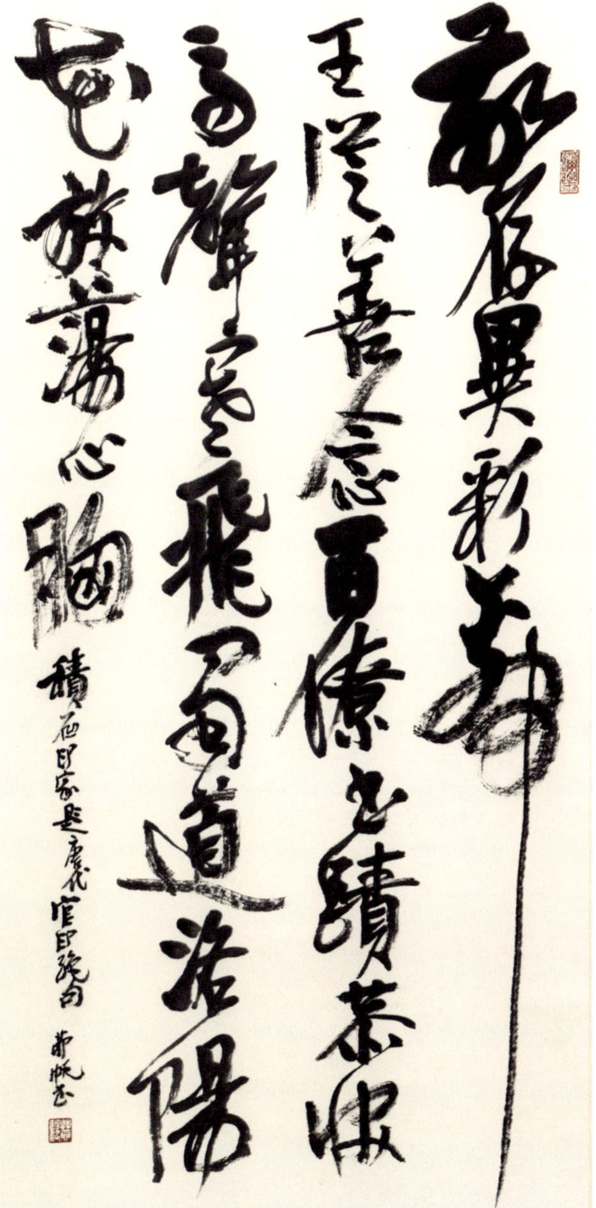

書法作者：茆　帆

齊王國司印　中書省之印　東都尚書吏部之印

靜樂縣之印　都亭新驛朱記　金山縣印

唐代私印

訪友開元夢有因，撞鐘想到踏沙人。
王維秉燭覓詩意，杜甫尋花正養神。

印從官場出，抒人文之情，結丹青之緣，活法也。帝王寶，士夫癡，墨客陶淑風雅，懷古標新，所向鑒定、雅玩、核實、甄别而温養中行，靡然成風。開元皇朝紀年之印跡，可覰大唐用印之一斑也。

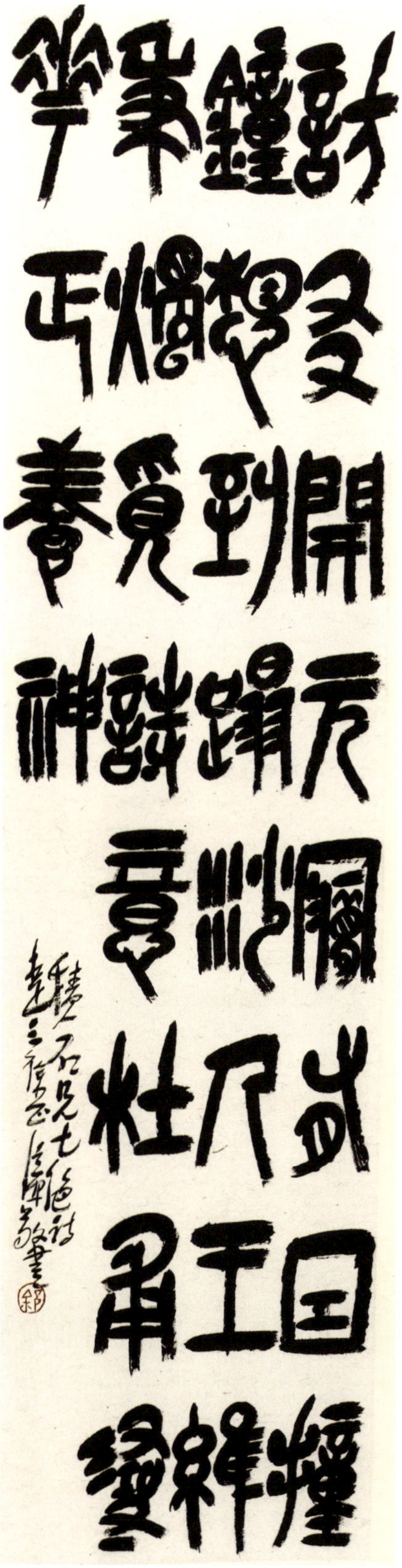

書法作者：徐正廉

洞山墨君　瓜沙州大經印　始封于鄗　武威習禦圖書
武功圖籍　端居室　開元　渤海圖書

宋代官印

闊邊印事管千軍，綺夢相呼九疊文。
醉後汴梁春雨聽，臨安幽處鶴聲聞。

印隨時代而演繹，日益裝飾，宿習相及。特識纏繞盤迭，趨俗流變之花哨，以九迭篆爲最。風雲際會，結心問道，西夏、遼金周邊民族步大宋印式，立格雅致，以規整爲淵源，通體平直。是藝是術，鉤沉所見！

闊邊印事管千軍只恐人迷九迭文
綺夢汴梁春雨聽臨安惆悵鶴聲聞
歲次丁酉夏南遊僊客嚴紀劍書之

書法作者：嚴紀劍

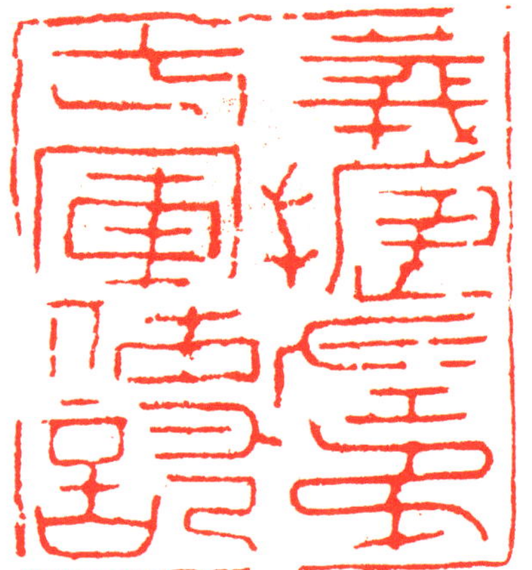

義捷左第一軍使記　軍資庫印　北京樓店巡記

馳防指揮使記　平定縣印　義軍左第四指揮使記

宋代私印

宣和墨寶雙龍贊，米芾顛狂刷字嫌。
豪放詞行驚海内，花間歌罷向前瞻。

書畫比興，鑒賞用印，情性所至，憑行雅趣，盡皇室之好而好，大觀雙龍之盛名。蘇東坡、米南宫、陸放翁諸公執筆墨餘事，好印遺懷，饒有雅取，釀成時尚耳。

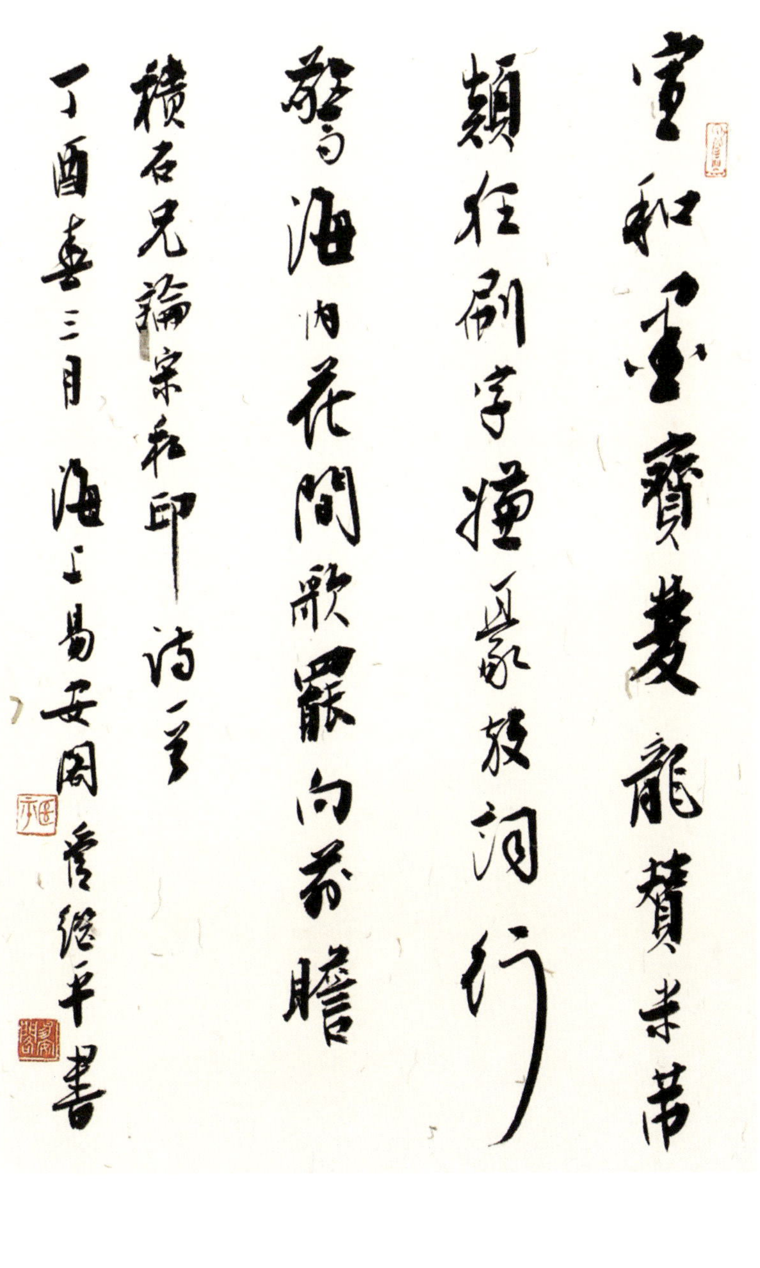

書法作者：管繼平

樂安逢堯私記　上明圖書　舜舉印章　雙龍（肖形）

弘農明記　眉陽蘇軾　著遠私記　米芾之印

元代官印

迎月霜鴻魚尾送，蔽天烽火馬頭吞。
嗚呼漢土移權力，八思巴文印獨尊。

大元皇朝，擴征歐亞，取宋印正脈，創八思巴文。固印法則，遊刃示相，天工別調，權力所定，文字雖異，情趣相同。平實鋪列，舍取神形，文獻妙處，筆墨聲稱，尤讀巨印之氣勢，令人敬畏耶！

迎月霜鴻魚尾送
蔽天烽火馬頭吞
嗚呼漢土移權力
八思巴文印獨尊
丁酉三月 少翔 書

書法作者：顧耀亮

海西遼東道宣慰使司都元帥府照磨印　宣文閣圖書印　行元帥府之印（金）

元代私印

罵世青衣戲可憐，感時赤子淚流肩。
焉知花押楷書認，所及辛酸名節牽。

源唐宋畫符之花押，配上楷書文字，進入尋常百姓家中，而盛行元代，俗稱元押印。借丹青詩文之興，前因後果之助，促趙孟頫、吾丘衍諸賢之印學。日久，詩書畫印綜合一體，繽紛現形，是金石爲開也。

罵世青衣戲可憐感時赤子淚涼肩焉知花押楷書認所及辛酸名節牽

積石先生詠元代私印詩一首 丁酉陽月 金煒書

書法作者：金煒

王蒙印　黃公望印　魯純生　馬琬文璧印章　陳記（八思巴文）

薛榮（花押）　關防在心　益用平安（花押）　嘉興吳鎮仲圭書畫記　朱氏澤民

明代官印

烏紗恃寵百花堆，坐上青雲冷暖猜。
遇敵咎由心自取，貪生貢酒月來陪。

明代官印大而無趣，陳陳相因，形式僵化，猶如木戳。啻此，積習成俗，恐官場固步自傲，不思進取之寫照矣。權貴相托，功過荒唐，正氣難立，徒有鮮氣。時代如此，印品如此，不可不察也。

書法作者：楊逸明

萬户府印　三萬衛千户所百户印　行軍都統之印

明代私印

萬卷樓前才子笑，倚松玩鶴客心諳。
好文學士論蒼翠，野渡詩家苦亦甘。

印學崇賢，介爾文氣，惟真情見，抱拙雅知，久凝成癖，彌漫書齋。值書畫大觀，繼金石奇緣，引文彭、何震諸印壇之新聲，劈空而來！印技雖小，境界無窮，澤人文之道而日進，彼此勉勵也。

書法作者：林子序

徐印光啓（汪關）　陳印繼儒（汪關）　天官考功大夫印（豐坊）　碧梧翠竹山房（羅萬化）

夏印允彝（佚名）　拿雲心事人不知（歸昌世）　墨林秘玩（佚名）　和鳴國家之盛（佚名）

清代官印

撥弦提督遇嬋娟，落墨中堂學古賢。
滿漢莊諧文字共，東西法理馬蹄前。

鐫刻滿漢二種以上文字之清代官印，誠見民族相融之氣象。精工大作，巧成老到，不息嚴謹，以純熟而誇詫。專權爲上，感恩輔之，中庸爲美，及紅頂利益，會顯其流，所獲輕浮否？

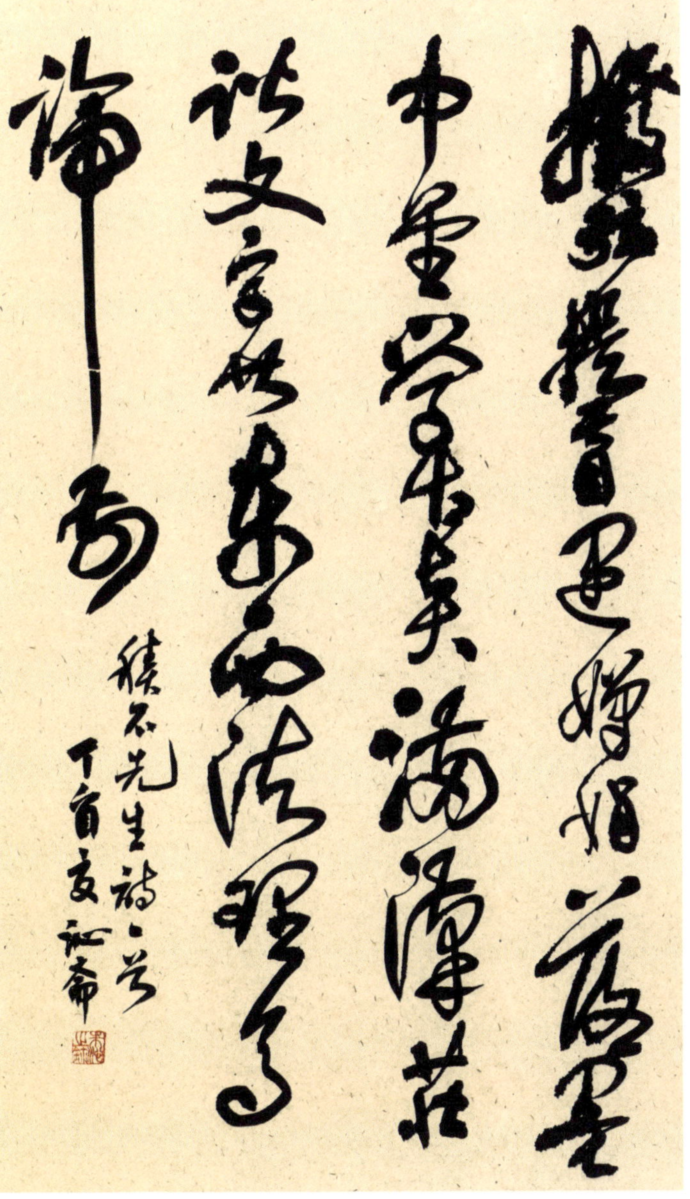

書法作者：朱　沁

延綏高家營遊擊關防　欽天監時憲書之印　鎮守荊州等處將軍印

清代私印

終向雕蟲高古認，直呼篆刻酒邊矜。
街頭醉語嘲工匠，皖浙名家本逞能。

印隨知己，身行天下，以致飽食之士憑藉高古，獨認篆書之印爲雅，假託揚雄之説，俗呼篆刻。反思印學，尊卑不得不察也。嘗聞落難文人面大衆，設印攤，備各類書體圖像，徒成工匠，實爲生計相謀矣。

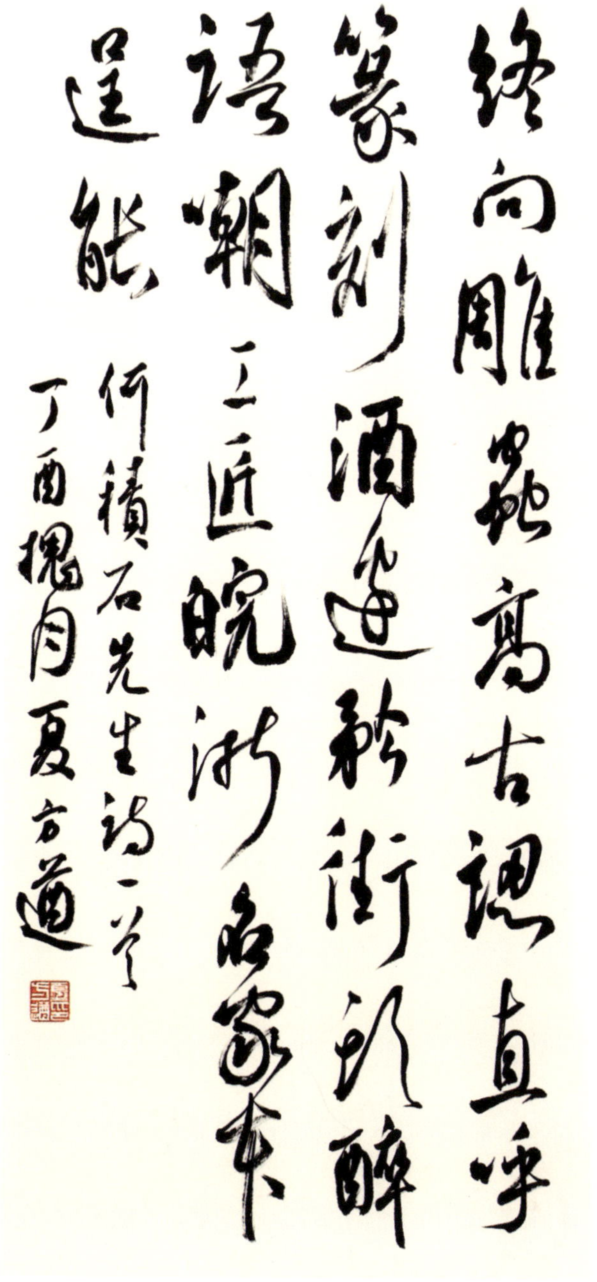

書法作者：夏方道

吉語（梵文·佚名）　李印鴻章（徐三庚）　同道堂（佚名）　巴予籍（巴慰祖）

小琅嬛（董洵）　壽身兼壽世（汪莁坪）　康熙御筆之寶（佚名）

民國公章

結黨就新移舊俗，摩登業績説無私。
反留丹篆花邊護，正覺官場一局棋。

官印至此，適逢中西文化交融、豪傑輩出之時，圖新爲民主，始稱公章。豔稱雖好，總是神會。方寸化道，矜奇炫異，以紹新風，闊邊大印之簡練，花樣邊紋之繁複，良非所易。家國如此，印相如此！

結黨就新移舊俗，摩登業績説無私。反留丹篆花邊護，正覺官場一局棋。
何積石印学百詠之民國公章
丁酉春日丹長江书於海上

書法作者：丹長江

吴縣縣政府印　開源銀號　安徽省印

民國私印

守歲男兒護石欄，苦吟書信念孤單。
路邊側聽太平曲，遥祝異鄉兄弟安。

舊年過節，郵件互遞家門，以報平安。因國勢積弱不振，貧家識字無多，故從路邊印攤買印，以充簽名畫押，方能領取。印家雅俗，所及社會階層人士之好，盡真草隸篆之能，拓展藝術舞臺也。

書法作者：沈滬林

魯迅（劉淑度） 陶印行知（吕鳳子） 青山郵人（鄧爾雅） 巨橋（喬大壯）

抱景特立（陳師曾） 杜月笙（方介堪） 家在曹娥江水東（朱其石） 楊度（齊白石）

共和國公章

紅星裝點耀神州，仿宋字形爭上游。
立志萬年精進路，方圓九派讚歌遒。

仿宋字體帶紅星爲主之公章，創圖文並茂之印式。觀之，嚴整飽滿，方圓停匀，含蓄有序，收放自如。如今電腦作爲，標記設計當前，更是無所不能，大小印章，足以自信。中國印之觀止，與世界文化輝映乎！

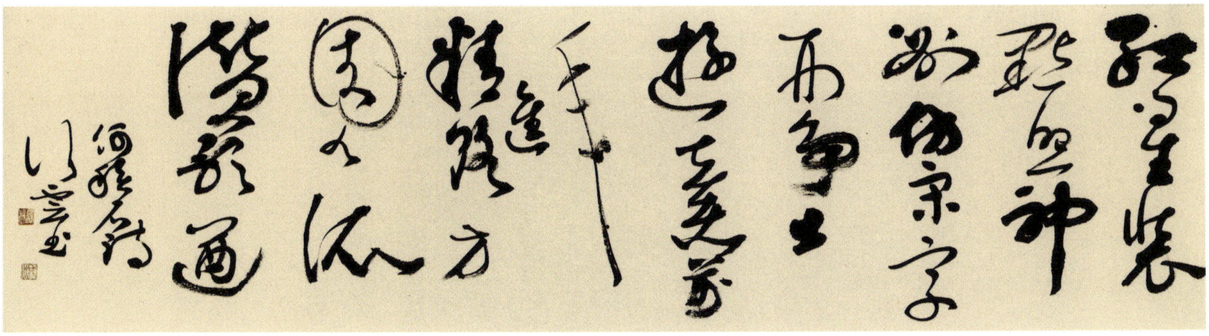

書法作者：行雲（筆名）

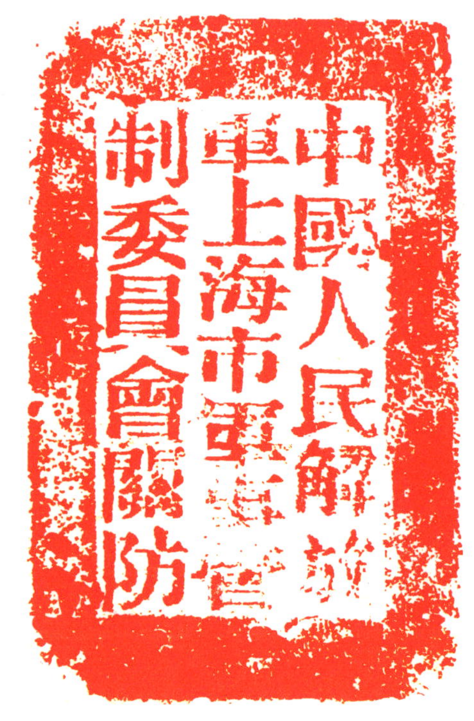

北京共產主義大學八一八紅衛兵　中華全國總工會　沅江縣機械廠革命委員會五七農場財會專用章

中華人民共和國國務院　中國人民解放軍上海市軍事管制委員會關防

共和國私章

果真名就印屏中，大美京華別樣紅。
近水弄潮人守約，聚光燈下即成功。

社會在進步，文明亦振興，私印之實用功能幾近消退。藝術群體各自造勢，印展創新，印屏競奇，個性揚張，價值論定。繼而市場攀比，媒體簇擁，明星炫耀，大師輩出。關乎天資，關乎人脈，賢者幾多？

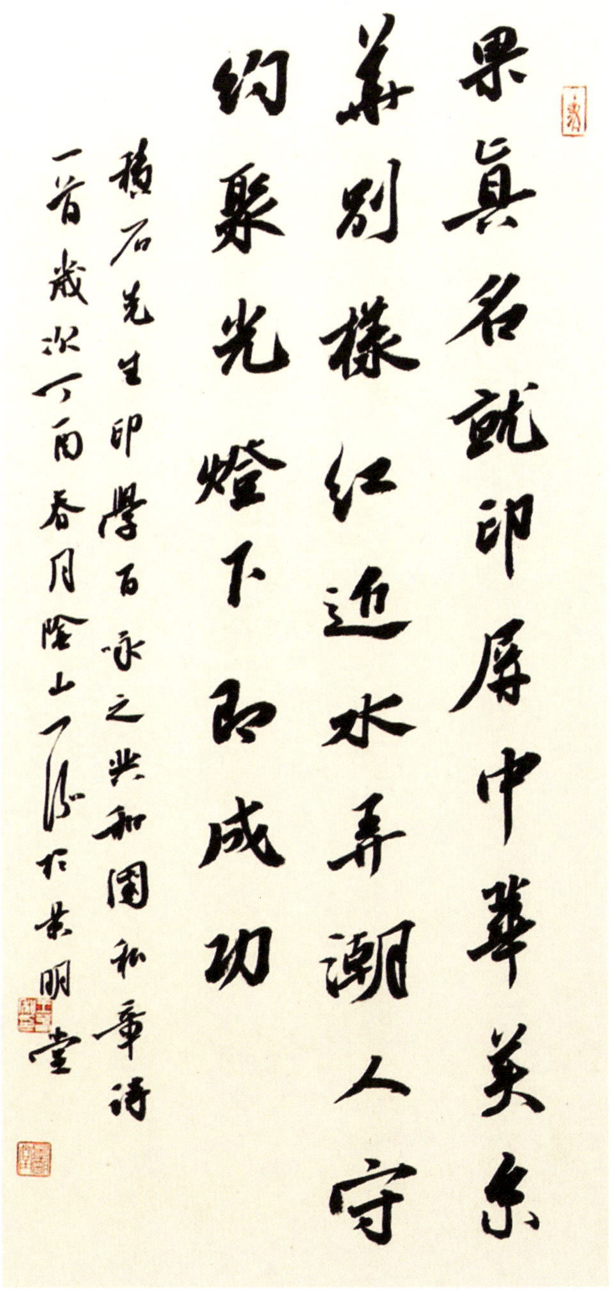

書法作者：王春和

毛氏藏書（錢君匋）

羅印福頤（羅福頤）

朱屺瞻字起哉（錢瘦鐵）

五燈精舍藏本（王獻唐）

王印傳壽（徐新周）

金海延年（鄧爾雅）

吳湖帆潘靜淑珍藏印（陳巨來）

百家爭鳴（韓天衡）

趙孟頫

升平安處數悲欣，搜好風來正合群。
記得漢家山水轉，詩書畫印絶塵熏。

趙孟頫：一二五四—一三二二，字子昂，號松雪道人。宋趙匡胤十一世孫，生於浙江吴興。博學多才，書畫之餘，自習印稿，得飄逸之妙，被譽元朱文之宗。開書畫詩印四絶之風，影響藝壇。有《松雪齋集》。

昇平安處數悲欣蒐好風
来正合群記得漢家山水
轉詩書畫印絶塵熏

積石先生印學百詠之趙孟頫篇
歲在丁酉霜降前二日東萊馮磊書于滬上長生常樂之居燈下

書法作者：馮　磊

松雪齋　趙氏子昂　趙　趙氏書印

大雅　趙孟頫印　天水郡圖書印　水精宮道人

吾丘衍

來歲飲冰人厚敦，適時博古舉高論。
印林别説豐碑立，石上有歌秦漢尊。

吾丘衍：一二六八—一三一一，字子行，號貞白、竹房、竹素、布衣道士，浙江開化人。秉性豪放，行止斯文。撰《周秦石刻釋音》、《閒居録》、《竹素山房詩集》。其《學古編·三十五舉》爲印學先聲也。

書法作者：張雲飛

貞白　吾衍私印　布衣道士　魯郡郜氏（以上爲自用印）

後將軍假司馬　奉車都尉　新西國安千制外羌佰右小長　織室令印（以上爲漢魏印）

王冕

飛香墨色寫梅花，顧影草堂鶩月牙。
欣遇楚州花乳石，並刀獲利一詩家。

王冕：一二八七—一三五九，字元章，號竹齋、煮石山農、飯牛翁、會稽外史等，浙江諸暨人。直性古古，好學不已，詩畫皆精。緣花乳石制印，得渾然天成，率真靈動之意。著《竹齋集》。

飛香墨色寫梅花，顧影草堂鶩月牙。欣遇楚州花乳石，並刀獲利一詩家。
積石鄉兄印學百詠王冕頌
丁酉初夏諸暨學人錢漢東書

書法作者：錢漢東

王冕私印　元章　王元章　姬姓子孫

王冕之章　王元章氏　方外司馬　會稽外史

文彭

西虹橋外獲機緣，深覺驚奇到硯邊。
舊夢有詩千古表，枯腸九轉美言先。

文彭：一四九八—一五七三，字壽承，號三橋，江蘇蘇州人。國子監博士，詩書畫印均有造詣。印追秦漢，引詩文於印款間，寄平和於匠心外。適得燈光凍石，聊爲雅意，被譽流派印之鼻祖。傳有《博士詩集》。

書法作者：沈加榮

文彭之印　文彭之印　琴罷倚松玩鶴（邊款）

七十二峰深處　壽承氏　三橋居士　文壽承氏

顧從德

穿越時空筆有恒，勞心輯譜現才能。
認真得法風流在，附勢千秋雅意承。

顧從德：一五一九—一五八七，字汝修，上海人。博雅精嚴，搜印成癖，優選所藏，輯《集古印譜》。是集，一改宋時摹本之習，以原印鈐拓，獨步一時，爲目前最早求真印跡之範本也。

書法作者：陳侃凱

騎都尉印　新西河左百長　奮武將軍章　新保塞烏叀要犁邑率衆侯印

假司馬印　永世侯印　裨將軍印章　輔國將軍章（均爲漢魏印）

何震

異軍突出助靈犀，歲月同修流派躋。
一脈細參窮變化，逸情暢達六書迷。

何震：一五三〇—一六〇四，字主臣、長卿，號雪漁山人，江西婺源人。深究六書，力正印弊，法古不泥古，淡樸蒼潤，舒展自如，粗放灑脱，稱雄印壇。創切刀印款。著有《何雪漁印選》、《續學古篇》。

異軍突出助靈犀歲月同脩流派躋一脈細參窮變化逸情暢達六書迷
何積石先生詩何震 歲次丁酉 張敏鹿

書法作者：張敏鹿

汪東陽　笑談間氣吐霓虹（邊款）　吳印之鯨

延賞樓印　無功氏　放情詩酒　聽鸝深處

蘇宣

赤子疏狂印路攢，古人境界等閒看。
翻新結想順天意，獨有情多付筆端。

蘇宣：一五五三—一六二六後，字爾宣、嘯民，號泗水，安徽歙縣人。性耿直，好仗義。印風雄渾樸健，融古標新，卓立不凡，倍受推崇，與文彭、何震鼎足。有《蘇氏印略》行世。

書法作者：邵佩英

蘇宣之印　我思古人實獲我心　嘯民　張灝私印
張長君　張灝私印　作箇狂夫得了無（邊款）

朱簡

散淡刀新別點評，造奇字古已虔誠。
遂初大象手頭出，持久功夫童趣萌。

朱簡：一五七〇—一六二五後，字修能，號畸臣，安徽休寧人。善詩文，精園藝。印重險峭，切沖刀法並用，蒼利而散淡，獨樹一幟。有《印章要論》、《印品》問世，並輯有《修能印譜》。

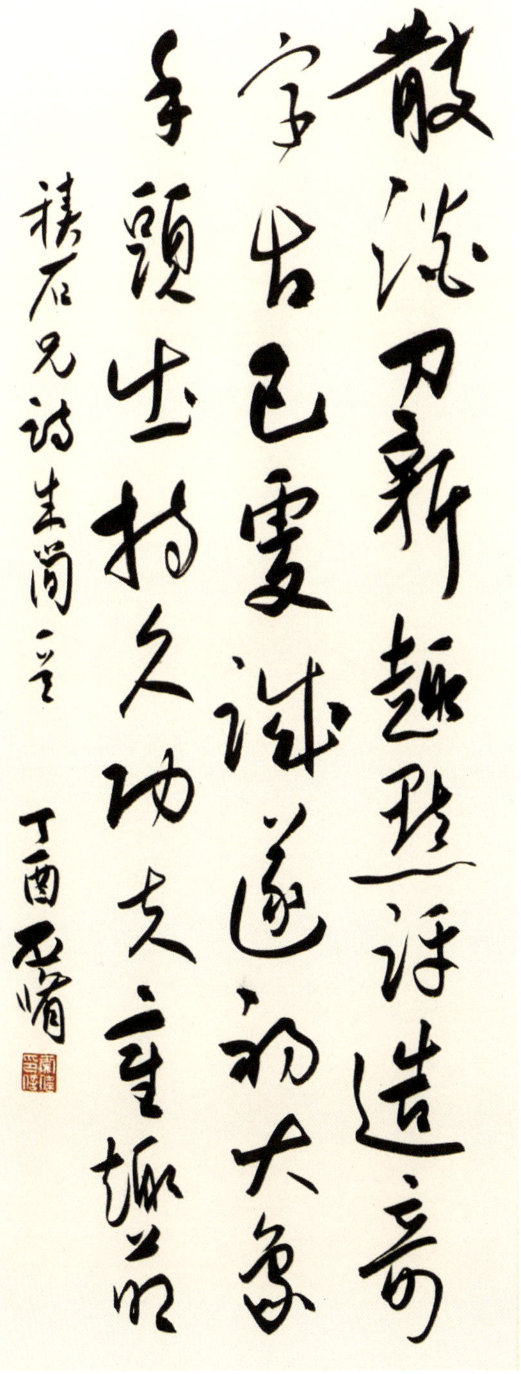

書法作者：虞　偉

朱簡　龍友　湯印顯祖　馮夢禎印
米萬鍾印　孫印克弘　汪印道昆　臧印懋循

汪關

從容腕下自成歌，高閣燈前靈氣多。
常識神方人未覺，寬餘圓轉在平和。

汪關：一五七五—一六三一後，初名東陽，字尹子、杲叔，安徽歙縣人，寓江蘇太倉。以沖刀法直追漢印，典雅工整，圓潤雍容，形神兼備，縱橫取勢，才情卓越，爲時所重。有《寶印齋印式》傳世。

書法作者：陸振永

萬曆甲寅二月作於琴河水榭 汪關

天如　春水船　逍遥游（邊款）

汪關之印　松圓道人　汪泓之印　子孫非我有委蜕而已矣

程　邃

論定群山錯落排，已開名畫會心齋。
高賢願起不言老，剪燭殷勤夢更佳。

程邃：一六〇五—一六九一，字穆倩、朽民，號垢道人。安徽歙縣人，生上海松江，客江蘇南京。詩書畫印無所不精。好古文字入印，奇譎敦實，蒼雅醇郁，凝重古美，爲歙派鉅子。著《會心吟》。

書法作者：徐　兵

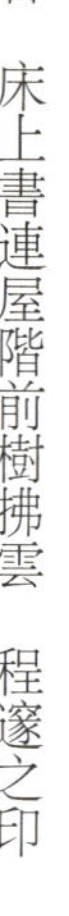

徐印旭齡（邊款） 鄭簠之印 谷口農

竹離茅舍 床上書連屋階前樹拂雲 程邃之印 一身詩酒債千里水雲情

張在辛

美言不獨情詩唱，正念安丘錦繡謀。
父子同窗研玉篆，弟兄共好試風流。

張在辛：一六五一—一七三八，字卯君，號柏庭，山東安丘人。詩書畫印皆能。父弟子侄共研印學，取法高華，神味超然，精工離俗。輯《望華樓印匯》、《隱厚堂印譜》、《篆印心法》、《隱厚堂詩集》等。

書法作者：李志堅

張印在辛　六十八衰翁　孤松館　山紫堂
留侯世家　鴛鴦　張在辛卯君氏書畫印　卧龍石室

林皋

歸耕紫硯樂陶陶，特約象形閑意褒。
冷豔心修誠可愛，有恩細膩趕時髦。

林皋：一六五八—一七二六後，字鶴田，別署寶硯齋，福建莆田人，僑寓常熟。印事清秀疏朗、超逸雅致、清新明麗，盛名之下，影響深遠。傳《寶硯齋印存》、《林鶴田印譜》。

書法作者：楊永林

晴窗一日幾回看　林皋之印　杏花春雨江南　爲誰辛苦爲誰甜
逢場作戲　案有黃庭尊有酒（邊款）　諸緣忘盡未忘詩

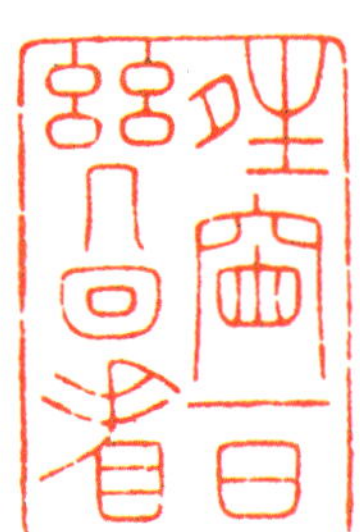

高鳳翰

拾翠爭能傻氣刪，抱殘特立錦衣還。
九分意匠詩精進，左筆男兒非一般。

高鳳翰：一六八三—一七四八，名翰，字西園，號南阜、廢道人，山東膠州人。曾爲歙縣縣丞，績溪令。工詩書畫印，嗜硯自銘。晚得風痹，左手治印，以致筆意跌宕，慧眼獨到。著《硯史》、《南阜詩鈔》。

書法作者：陳　暉

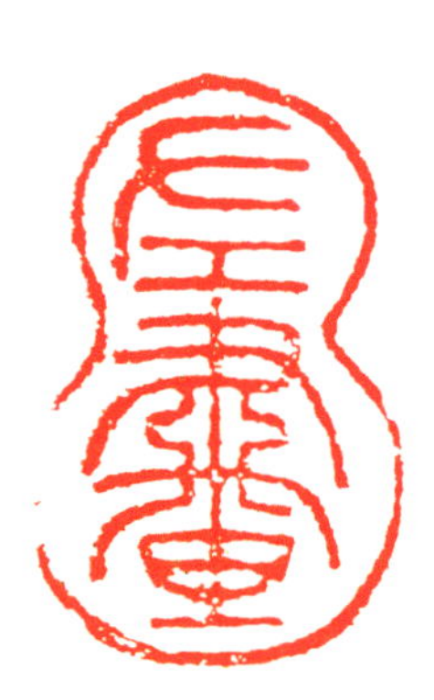

高印鳳翰　左臂　家在齊魯之間（邊款）

岸沙君看去年痕　左軍痹司馬　青塘草池　左畫

丁敬

力求抱樸漢風恭，五百年前鬼斧容。
涉世詩情收不住，危崖挺立一蒼松。

丁敬：一六九五—一七六五，字敬身，號鈍丁，署龍泓山人、硯林外史，浙江杭州人。終身不仕，釀酒爲業，精詩書畫印。印貴平正，剔繁就簡，清剛質樸，一洗甜俗。著《硯林詩鈔》、《龍泓山人印譜》。

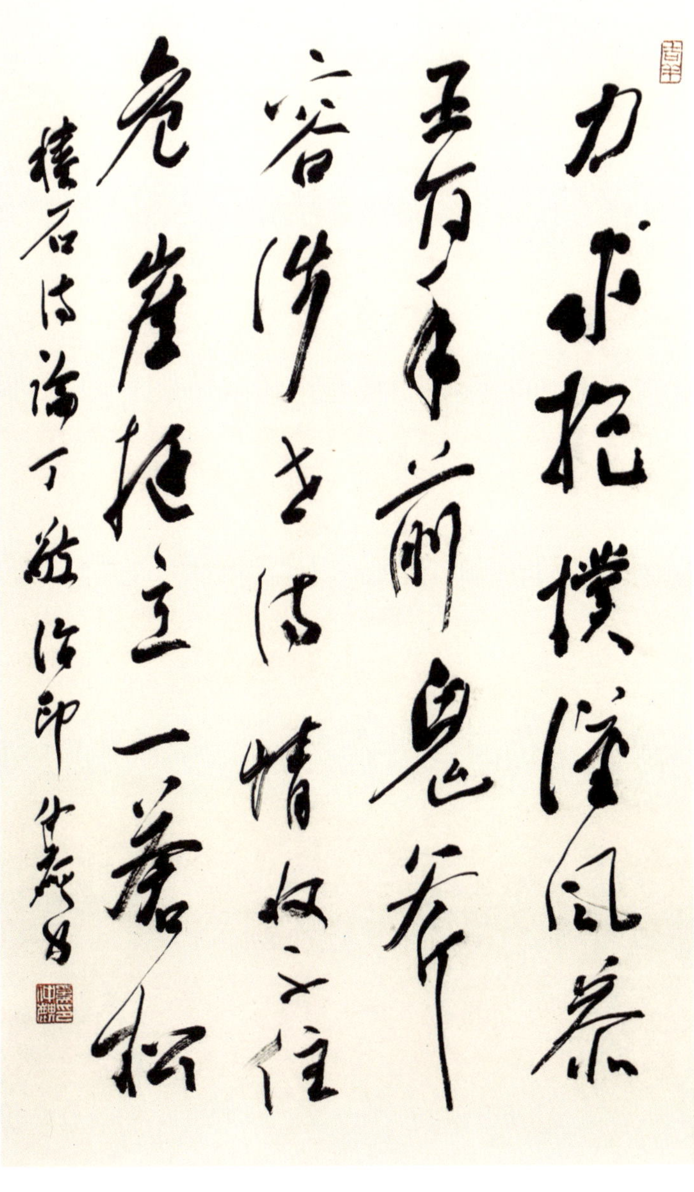

書法作者：奚仲麟

龍泓外史丁敬身印記　敬身父印　硯林丙後之作　南叙子　丁居士

硯林亦石　寶晉　曙峰書畫　敬身

蔣仁

師法龍泓步後塵，至恩熟路竟真純。
偶留天數淡然是，可見山堂前世因。

蔣仁：一七四三—一七九五，字階平，號山堂，吉羅居士，浙江杭州人。耿介不阿，工書法，擅山水。印宗丁敬，簡樸冷峻，清新拔俗，以拙取勝，高逸自如。傳《吉羅居士印譜》。

書法作者：金熙才

蔣仁印　三摩　蔣山堂印（邊款）
物外日月本不忘　作渠　真水無香

鄧石如

曠達稱雄鐵骨陪，龍盤篤好漢唐推。
我書意造本無法，更愛温文八斗才。

鄧石如：一七四三—一八〇五，名琰，字頑伯，號完白山人、古浣子，安徽懷寧人。工四體書，尤善篆隸。印出秦漢，使刀如筆，呈婀娜剛健之意，推疏密婉轉之勢，開自家之境也。有《完白山人篆刻偶存》。

書法作者：王復畊

一日之跡　意與古會（邊款）　我書意造本無法

靈石山長　侯雲松字蔭萊　暘城一日長　江流有聲斷岸千尺

黄易

博雅燈前久戀鄉，撑天手下惜韶光。
起身退步秀峰見，相憶歸時秋色藏。

黄易：一七四四—一八〇二，字大易，號小松、秋庵，浙江杭州人。官至山東兖州府同知，好詩書畫印，精金石古碑。印師丁敬，工穩圓轉，樸拙入微，敦厚自成。著《小蓬萊閣金石文字》、《秋景庵印譜》。

博雅燈前久戀鄉撑天手下惜韶光起身退步秀峰見風雨歸時秋色藏

積石先生印學百詠之黄易 華强

書法作者：俞華强

小松所得金石（邊款）　賣畫買山　茶熟香温且自看
松屏　金石箚　一笑百慮忘　無字山房　石墨樓

奚岡

雕龍相合禮儀評，應識橫刀守五更。
自覺懷空搜古意，平添拙趣事分明。

奚岡：一七四六—一八〇三，字鐵生、號冬花庵主、蒙泉外史，原籍安徽歙縣，世寓杭州。精通書畫，印法丁敬，典麗超逸，古樸流暢，生辣可人。傳《冬花庵燼餘稿》、《蒙泉外史印譜》。

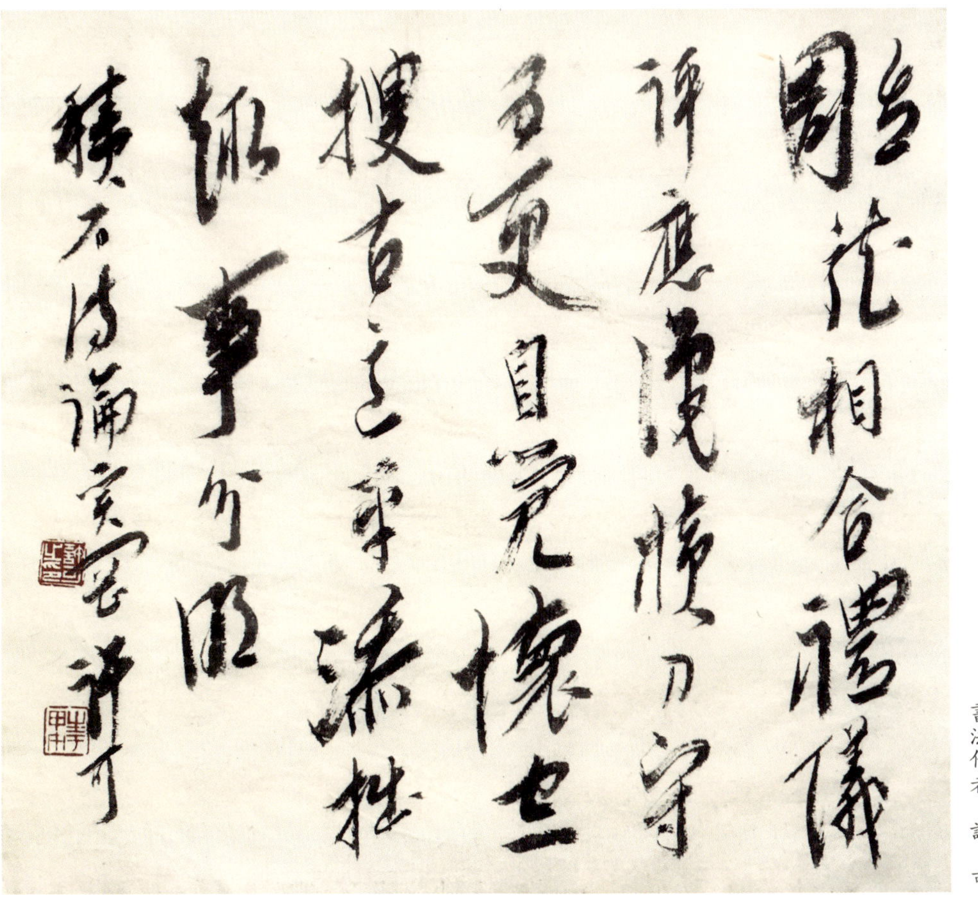

書法作者：許　可

奚岡私印　奚岡言事　頻羅庵主（邊款）
蒙泉外史　龍尾山房　兩般秋雨庵　金石癖

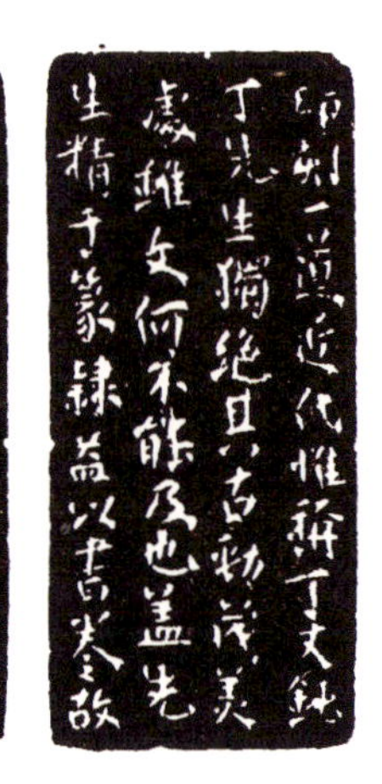

印刻一道，近代惟許丁丈鈍丁先生獨絕，其古勁茂美處，雖文何不能及也。蓋先生精于篆隸，益以書卷，故其篆作擬与古人有合焉。山舟尊伯藏先生印甚夥，一日出以見示，不覺為之神聳，因喜而仿此。鐵生記

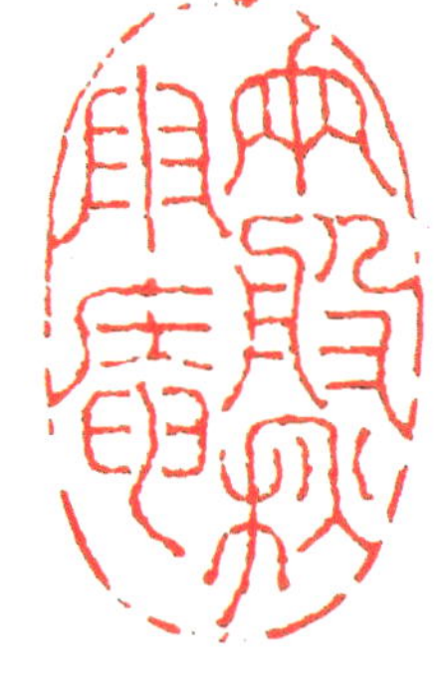

陳豫鍾

崇高流脈半山差，攬秀探幽五蘊乖。
長款淋漓緣好夢，低頭身影亂書埋。

陳豫鍾：一七六二—一八〇六，字浚儀，號秋堂，浙江杭州人。詩書畫印皆能。印追丁敬，工整秀致，含蓄平和，邊款獨有精到之處。著《求是齋印譜》、《求是齋集》、《明畫姓氏韻編》。

書法作者：陳賢德

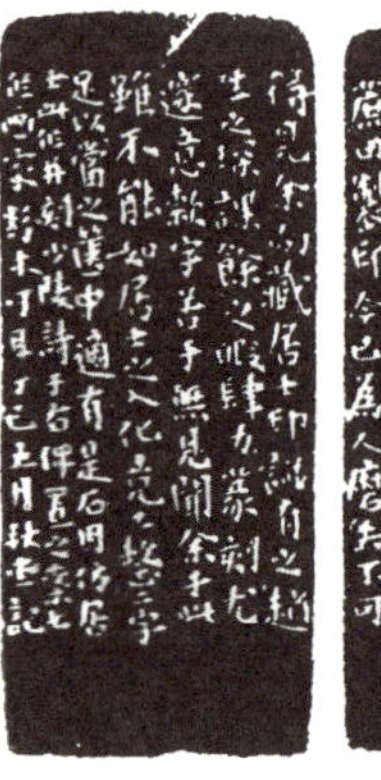

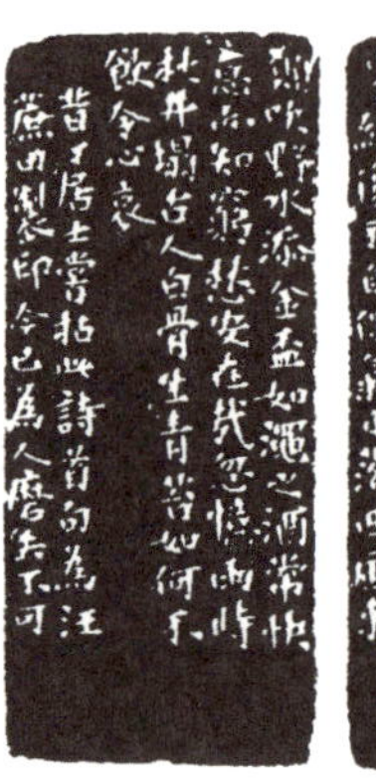

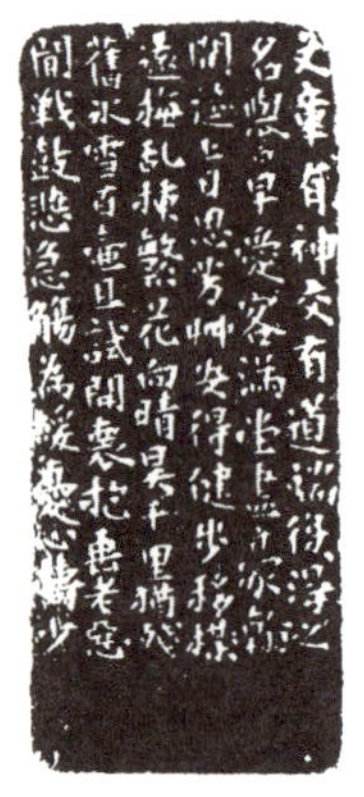

陳印豫鍾　老九　幾生修得到梅花

盧印小凫　説嵒翰墨　書帶草堂　文章有神交有道（邊款）

陳鴻壽

致美人情生意遠，提壺氣勢要津探。
明犀筆力摇天際，向晚題紅上翠嵐。

陳鴻壽：一七六八—一八二二，字子恭，號曼生、種榆仙客，浙江杭州人。曾任溧陽知縣、江南海防同知。擅詩書畫印，兼刻竹制壺。印好靈動，率性豪邁，鋒棱顯露。有《桑連理館詩集》、《種榆仙館印譜》。

書法作者：朱忠民

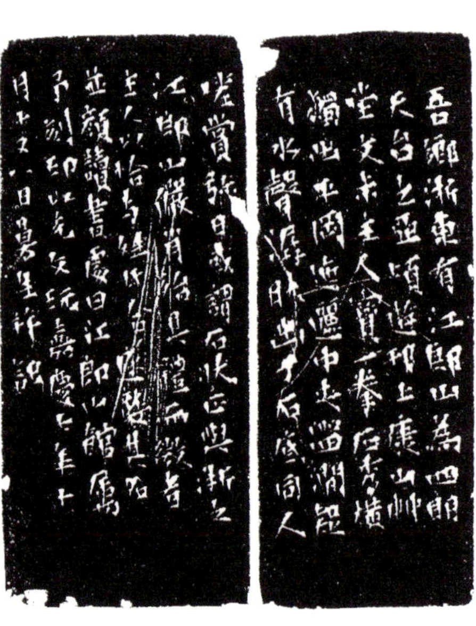

繞屋梅花三十樹　萬卷樓藏書宜子孫　問梅消息　學以劉氏七略爲宗

江郎　西泠釣徒　江郎山館（邊款）

趙之琛

俏皮古字晚風傳，環顧隨流恰是緣。
到手寶刀千載悟，研林放樣問先賢。

趙之琛：一七八一—一八五二，字次閑，別署補羅迦室，浙江杭州人。涉書畫，工金石，印從陳豫鐘，甜美取勢，簡約行事，邊款獨具一格。著《補羅迦室集鈔》、《補羅迦室印譜》。

俏皮古字晚風傳，環顧隨流恰是緣。到手寶刀千載悟，研林放樣向先賢。

丁酉荅雨胡效琦彼岸抄書

書法作者：胡效琦

馳神運思（邊款）　李治　神仙眷屬

縱筆　補羅迦室　漢瓦當硯齋　重遠書樓

吳讓之

別來婀娜趣相投，從此青燈夜不愁。
皓月好評才藝助，奇文時見指間遊。

吳讓之：一七九九—一八七〇，名廷揚，字熙載，號晚學居士、方竹丈人，江蘇儀征人。書畫雅致，印追鄧石如，盡得秀麗典雅，清剛舒展之美，方圓脱俗，筆墨化境。有《自評印稿題記》、《師慎軒印譜》傳。

書法作者：周建國

吴熙載印　只願無事常相見　晚學居士　逃禪煮石之間
攘翁　震無咎齋　言不盡意　丹青不知老將至（邊款）

錢松

爲善鼓聲驚筆簾，錢塘琴韻濟酸甜。
太平兵劫書生夢，淚燭參空天地瞻。

錢松：一八一八—一八六〇，字叔蓋，號耐青、西郭外史，别署曼花庵、未虛室、未道士，浙江杭州人，流寓上海。善鼓琴，工篆隸，書畫富金石氣。印趣古拙，取簡醇鬱，意韻無窮，輯《未虛室印賞》存世。

書法作者：沈國麟

不露文章世已驚　錦屏山民　曾經滄海　石頭盦（邊款）
猶有童心　私淑龍門　恨不十年讀書　唯道集虛　受經堂

徐三庚

不絶光鮮嫵媚誇，久傳修飾粉脂奢。
莫教掠美攀時俗，流麗勾魂獨一家。

徐三庚：一八二六—一八九〇，字辛穀，號袖海、金罍道人、似魚室主，浙江上虞人。書工篆隸，印從皖浙，虛實誇張，刀法了得，獨具妍美飄逸，終爲習氣流弊。著《金罍山人印譜》、《金罍山民手刻印存》。

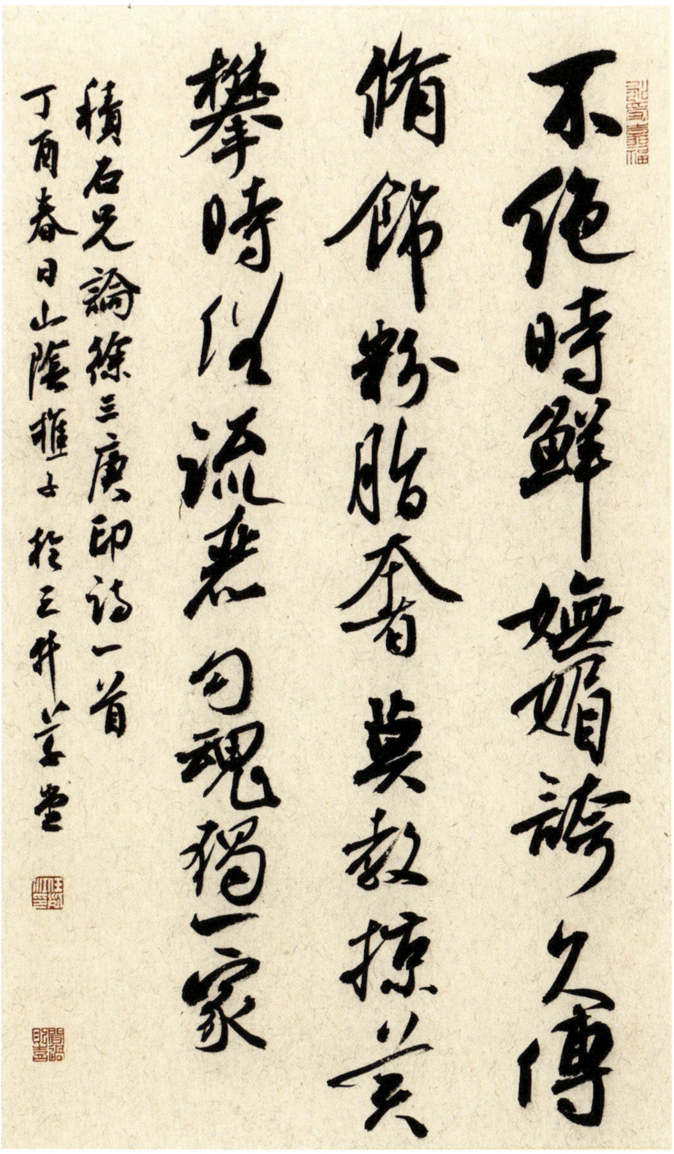

書法作者：任列江

嘉興徐榮宙近泉　延陵季子之後　孝通父（邊款）

山壽　毓蘭書屋　蒲華印信　下官賣字自給

趙之謙

過眼雲煙海派初，閉門聖手大家譽。
順移得勢深求索，廣證菩提情智諝。

趙之謙：一八二九—一八八四，字撝叔，號悲庵、無悶等，浙江紹興人。涉詩書畫印，爲海派藝壇先驅。印脱舊習，古意抒情，清純雅致，開合自然。有《悲盦居士詩剩》、《補寰宇訪碑録》、《二金蝶堂印譜》。

書法作者：汪　迎

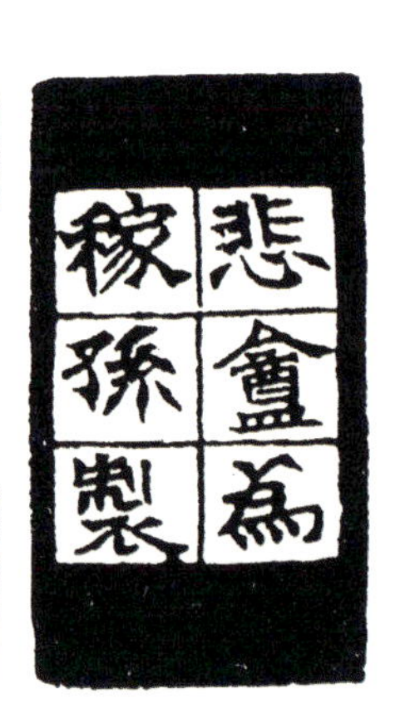

二金蝶堂　爲五斗米折腰　各見十種一切寶香衆妙花樓閣雲　西京十四博士今文家

金蝶投懷　稼孫經眼　節子辛酉以後所得書　仁和魏錫曾稼孫之印（邊款）

胡钁

久聞雕竹取尖端，安雅佳能復靜觀。
只是行吟人意好，莫教霜月半山寒。

胡钁：一八四〇—一九一〇，字匊鄰，號晚翠亭長，浙江嘉興人。工詩善書，擅印好竹。印以靜穆安神爲勝，淡然自運，儒雅匠心。有《不波小泊吟草》、《晚翠亭印儲》、《寄寄盧印賞》。

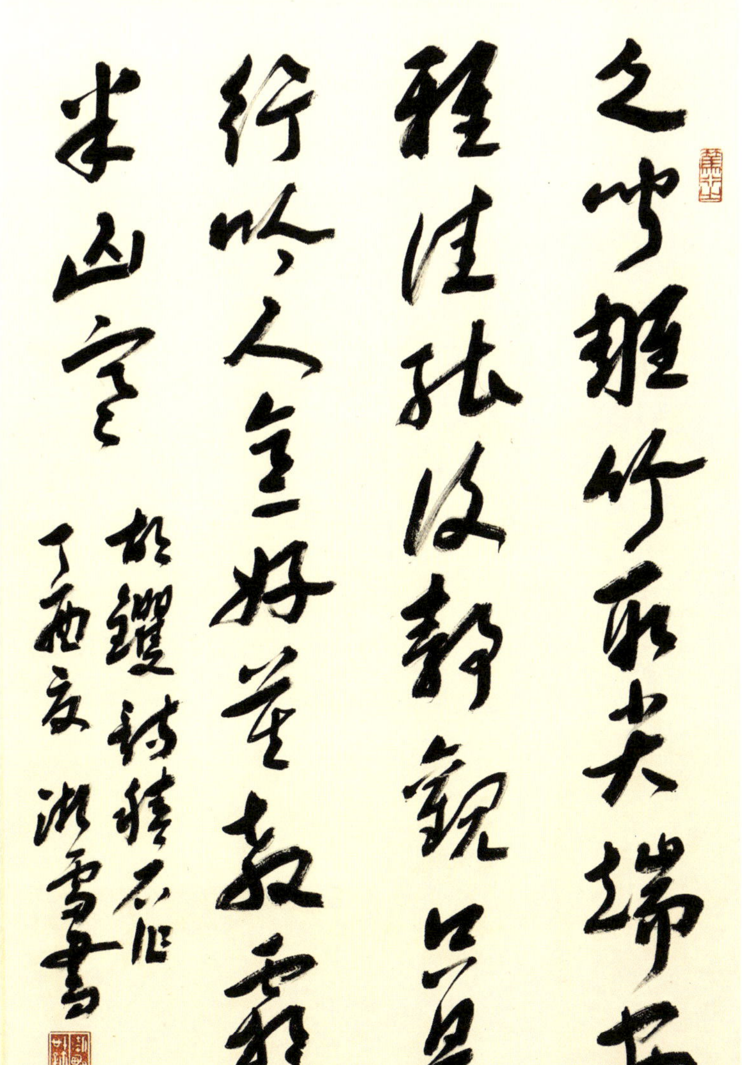

書法作者：鄔浙雷

江陰季氏佑雹校書讀畫印信　晚翠亭長　九鼎十爵之榭
玉芝堂　長壽去病　硬黃一卷寫蘭亭　懷白三十以後手痕

吴昌碩

官場蜕化顯天資，秉燭西泠話石癡。
有信逃禪傳四絶，樂天海客熱腸時。

吴昌碩：一八四四—一九二七，名俊卿，字昌碩，别號缶廬、苦鐵、大聾，浙江安吉人。詩書畫印超絶。印好淳樸高古，蒼勁超絶，渾厚雄强之相，爲海派藝術之中堅。著《缶廬詩存》、《缶廬印存》、《削觚廬印存》。

官場蜕化顯天資秉燭西泠話石癡有信逃禪傳四絶樂天海客熱腸時

積石先生撰爲昌碩公詩
丁酉夏仲吴超於歙上

書法作者：吴　超

乘長風破萬里浪　傳經閣藏書印　安吉吳俊卿之章　十畝園丁五湖印丐　美意延年

今朝苦行頭陀　石人子室　吳俊卿信印日利長壽（邊款）

黄牧甫

小技雍容文氣存，大才脱穎吉金論。
門開自許迎風雨。懸月奈何宜子孫。

黄牧甫：一八四九—一九〇八，字士陵，號倦叟，黟山人、延清芬室等，安徽黟縣人。好書畫，精金石。印事古麗挺拔，妍美多姿，寓巧藏拙，奇氣横溢，不爲先賢所縛。有《黄牧父印存》、《心經印譜》。

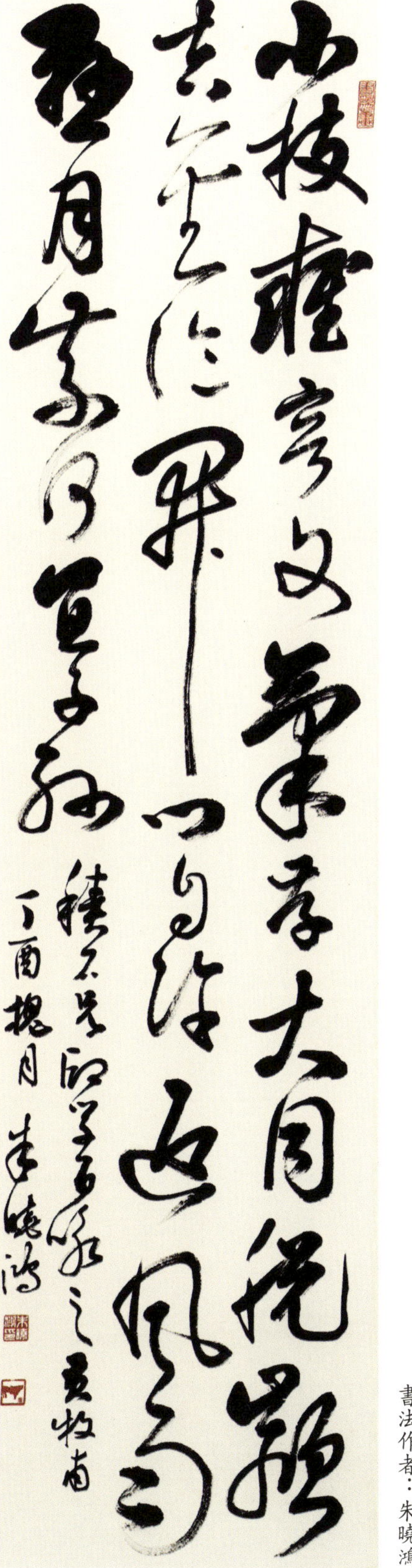

書法作者：朱曉鴻

牧父遊戲之墨　足吾所好玩而老焉　金石癖　十六金符齋　祇雅樓印

人生識字憂愁始　壽如金石佳且好兮　必遵修舊文而不穿鑿　婺源俞旦收集金石書畫（邊款）

齊白石

高逸偷鮮詩貫通，日長塗抹翠微融。
皮毛無事壽星計，雅俗有方稱老翁。

齊白石：一八六四—一九五七，名璜，字瀕生，號白石山翁、木居士、三百石印富翁。祖籍安徽宿州，生於湖南湘潭。精詩書畫印。是印雄奇恣肆，縱横自如，神采盎然，别開新面。著《白石詩草》、《白石印草》。

高逸偷鮮詩貫通日長塗抹翠微融皮毛無事壽星計雅俗有方稱老翁

題詠白石老人一首

錄何積石印學百詠之一　丁酉舒文揚

書法作者：舒文揚

中國長沙湘潭人也　老手齊白石　西山風日思君

要知天道酬勤　奪得天工　人長壽

黄賓虹

宿墨掃空春已耕，樂遊仙境夢無爭。
山山買醉丹青鑄，印印探源學問呈。

黄賓虹：一八六五—一九五五，名質，字樸存，號賓虹，予向、虹叟。原籍安徽歙縣，生於浙江金華。藝壇學者，善詩書畫印。印風灑脱不拘，神韻天成。著《古印概論》、《虹廬畫談》、《賓虹草堂印譜》、《賓虹詩草》。

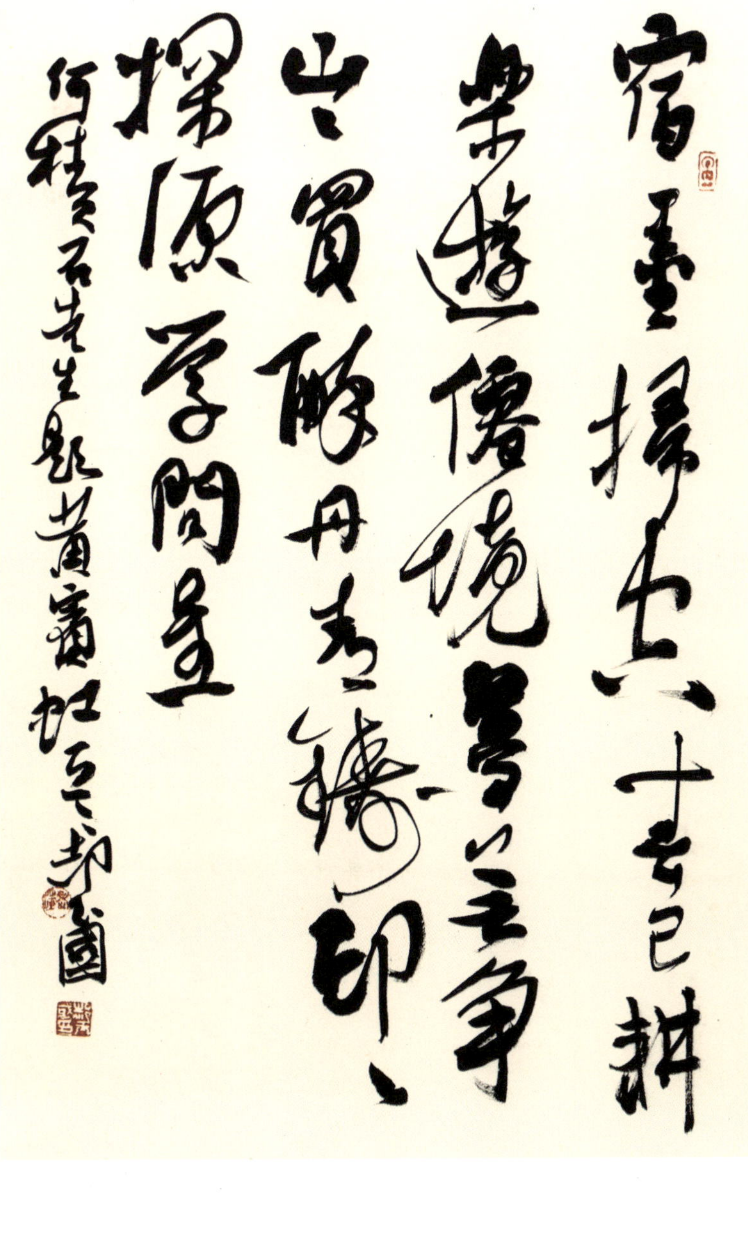

書法作者：郝玉國

黃印賓虹　黃質賓虹　黃質　冰上鴻飛館

虹盧　黃山山中人　黃賓虹　高蹈獨往蕭然自得

易大厂

當年冰社燕相識，因果雕蟲事不休。佛處神全詩韻贊，硯頭頂禮幾多酬。

易大厂：一八七三—一九四一，名孺，號屯公、念公，廣東鶴山人。好經史，從教育，工詩書畫印。其印鈍刀暢達，遺貌取神，古樸雅致。著《守愚齋題畫詩詞殘存録》、《古溪書屋印集》、《誦清芬室藏印》。

當年冰社燕相識因果雕蟲事不休佛處神全詩韻贊硯頭頂禮幾多酬

積石方家印學百詠之易大厂 滬上少音憶鳴於丁酉仲夏

書法作者：張憶鳴

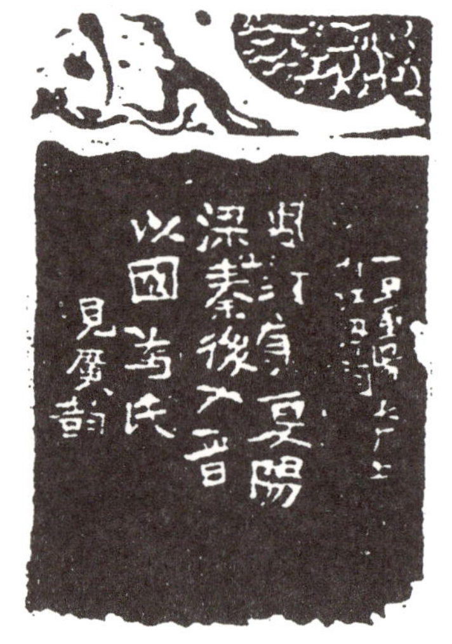
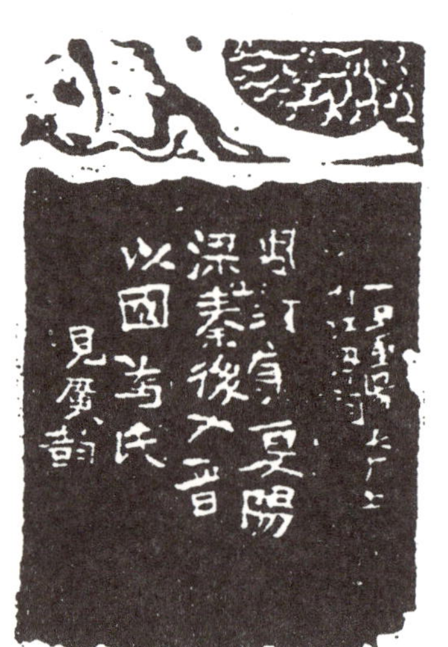

孺之璽　大厂居士孺　大厂居士孺　念盦詞寄

勞生　守愚翁　梁山世家

趙古泥

泥封曼妙當雄强，落墨遺珠論短長。
奇在平身容個性，詩心散木把春狂。

趙古泥：一八七四—一九三三，名石，字石農，號慧僧。江蘇常熟人。精刻硯銘，輯《沈氏硯林》。印重虛實，猶具錯落質感。弟子鄧散木繼其後，有「青出於藍勝於藍」之譽。著《趙古泥印存》、《泥道人印存》、《泥道人詩草》。

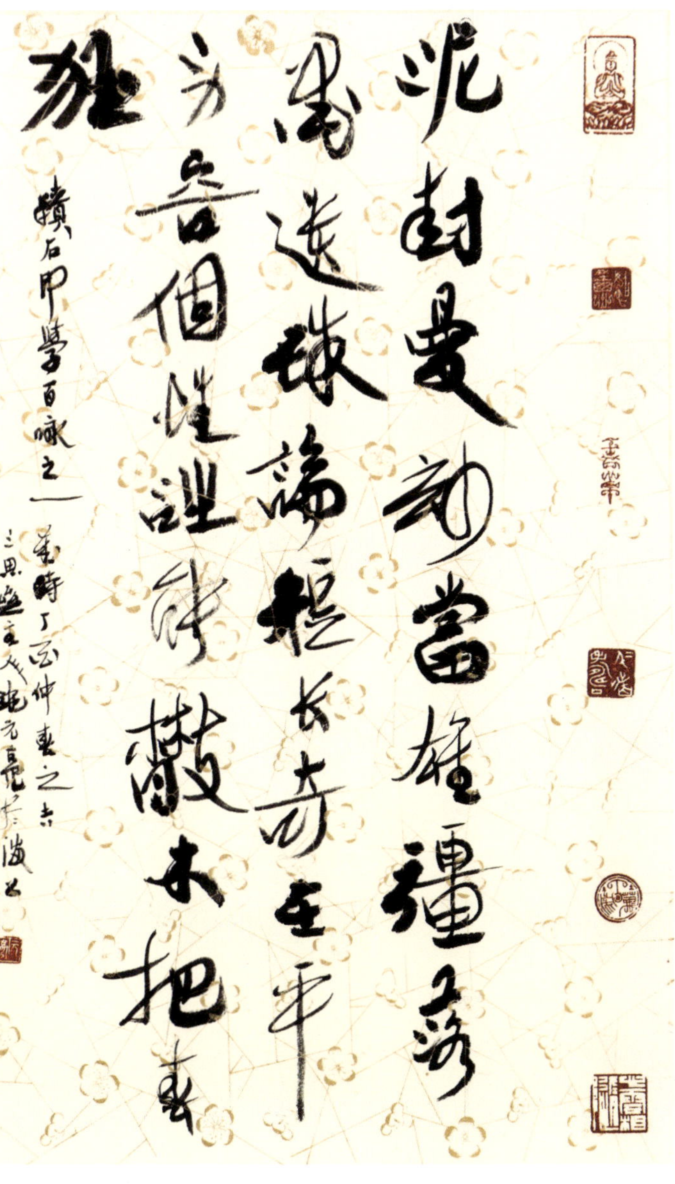

書法作者：施元亮

天下爲公　喜讀古碑　懷石秦漢金石文字印（邊款）

前身畫師　趙石　古泥　短中取長（鄧散木）

趙叔孺

換朝易代避風潮，損益硯田稱絶招。
秦漢勾神丘壑數，方陳張葉大師超。

趙叔孺：一八七四—一九四五，名潤祥，字叔孺，又名時棡，二弩老人，浙江鄞縣人。清末任福建同知，退居上海。工詩書畫印，精正草篆隸。印學神明獨到。著《二弩精舍印譜》、《漢印分韻補》。門人方介堪、陳巨來、張魯庵、葉露淵皆一代名家，殊榮印壇。

換朝易代避風潮
損益硯田稱絶招
秦漢勾神丘壑數
方陳張葉大師超

積石兄印學詩咏趙叔孺句
丁酉大暑震文於

書法作者：樂震文

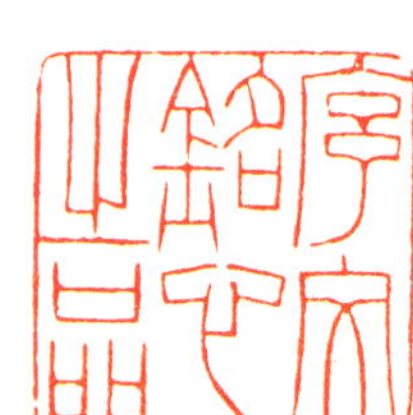

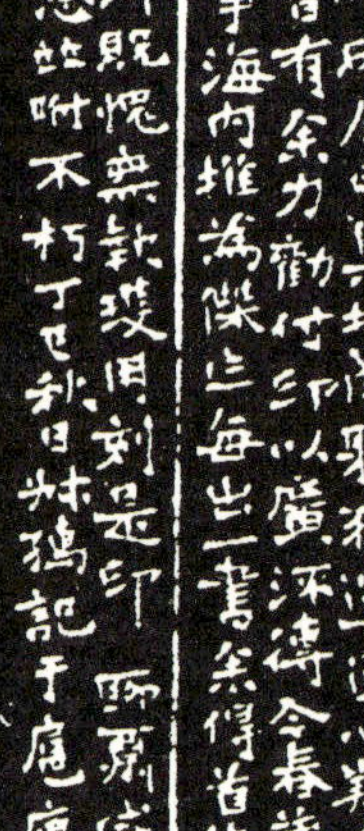

平生有三代文字之好　序文銘心之品　四明周氏寶藏三代器　五百圖書之室
毗陵湯滌定之　墨禪精舍　錫山秦絅孫集古文字記（邊款）

陳師曾

揮毫簡樸性相濡，畫意風行即丈夫。
截棄胭脂雕琢手，舉賢傳史不糊塗。

陳師曾：一八七六—一九二三，名衡恪，號朽道人、槐堂，染倉室，江西義寧人。教育家，擅詩書畫印。印有稚拙厚道，蒼老古穆之趣。著有《中國繪畫史》、《染倉室印集》、《染倉室詩鈔》。

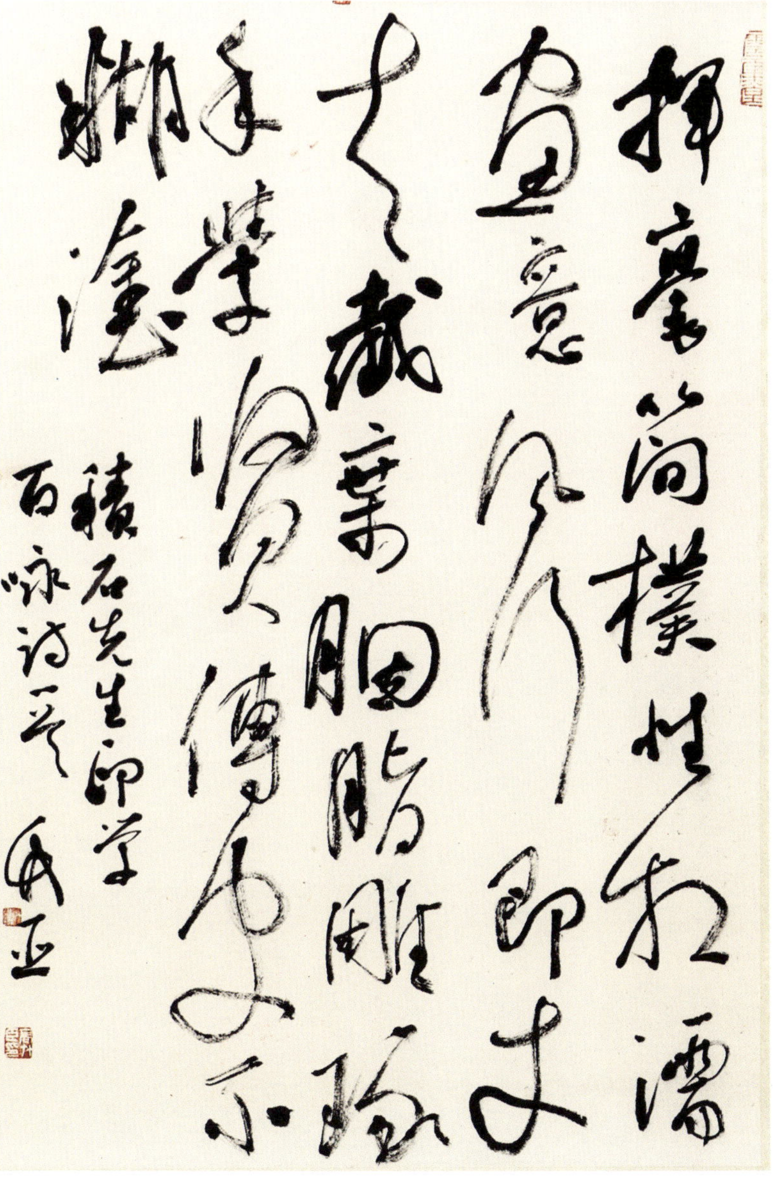

書法作者：高竹臣

寧支離毋安排　義甯陳氏章　蕭俊賢　新會梁啓超印
丹青不知老將至　陳衡恪印　壺中天（邊款）

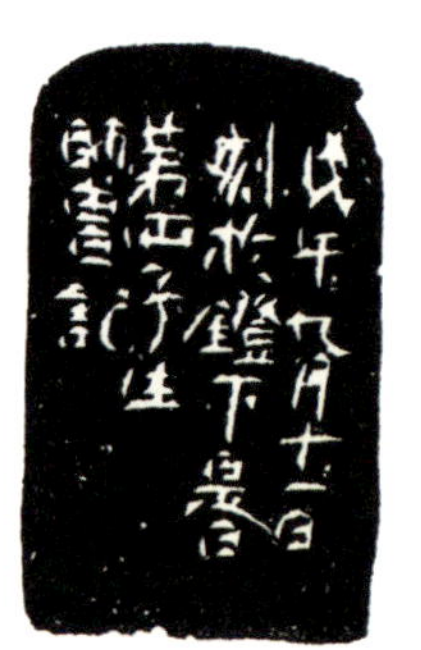

李叔同

正書墨寶慈悲相，退筆置身時代忘。
齋罷念經心已定，佛前願許看平常。

李叔同：一八八〇—一九四二，字息霜。原籍浙江平湖，生於天津。教育家，後剃度爲僧，法名演音，號弘一，晚號晚晴老人。集詩書畫印、音樂戲劇於一身。首開佛印景象，端莊沖淡，嫻靜祥和。著《李廬詩鐘》、《護生畫集》、《晚清空印聚》。

書法作者：照誠大和尚

南無阿彌陀佛（佛印） 佛印 佛印 沙門月臂
龍音 化人幻士 弘一 無畏

王福庵

比肩倦客上孤山，笑傲西泠扣玉環。
如畫江南春色飲，排雲誤入柳煙間。

王福庵：一八八〇—一九六〇，名禔，號福庵、羅剎江民、持默老人。浙江杭州人，客居上海。曾爲印鑄局技正，工篆隸，好金石。印法嚴謹典雅，靜穆安然。著《説文作篆通假》、《羅剎江民印稿》、《麋硯齋印存》。並與諸賢共創西泠印社，百年守護，門人不易。

書法作者：王　斌

當湖葛昌楹書徵泉唐胡洤佐卿合輯明清名人刻印匯存之記（邊款）　領略古法　非究於篆無由得隸

好古每開卷居貧常閉門　山雞自愛其羽　甯歸白雲外飲水卧空谷　我欲乘風歸去又恐瓊樓玉宇高處不勝寒

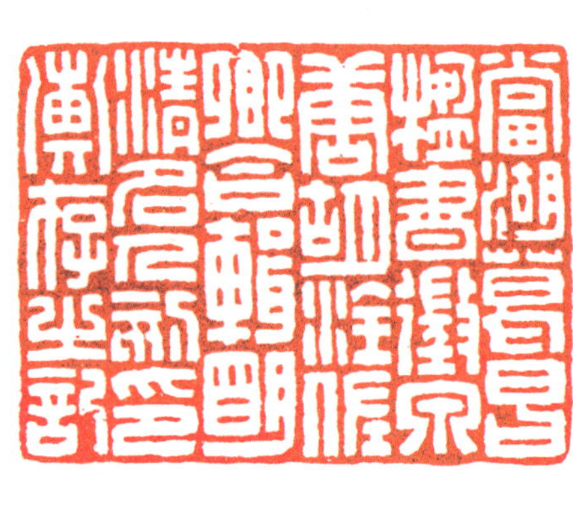

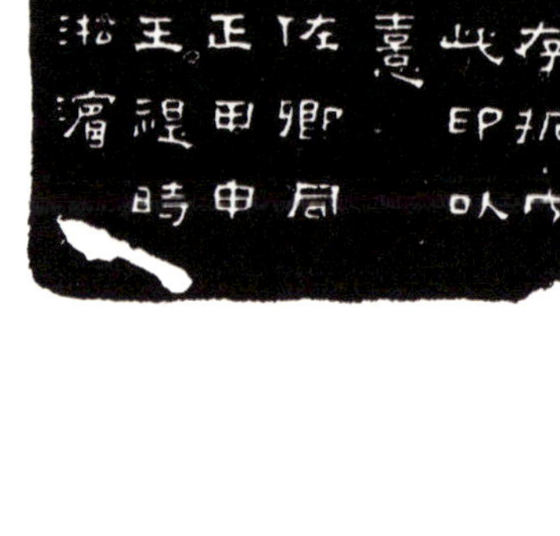

錢瘦鐵

大寫雲山足自珍，鉛華洗去即天真。
曾言舊國橫眉事，猶記扶桑俠義人。

錢瘦鐵：一八九七—一九六七，名崖，字叔崖，號瘦鐵，别署蒴凇閣、峰青館。江蘇無錫人。書畫盛名，印法樸茂蒼潤，古拙自然，刀筆處渾厚華滋，盡顯無意於佳乃佳之妙。著《錢瘦鐵畫集》、《錢瘦鐵印存》。

書法作者：盧康華

鷹擊長空　法大自然　咬得菜根百事可爲

無限風光在險峰　師造化　詩人興會更無前（邊款）

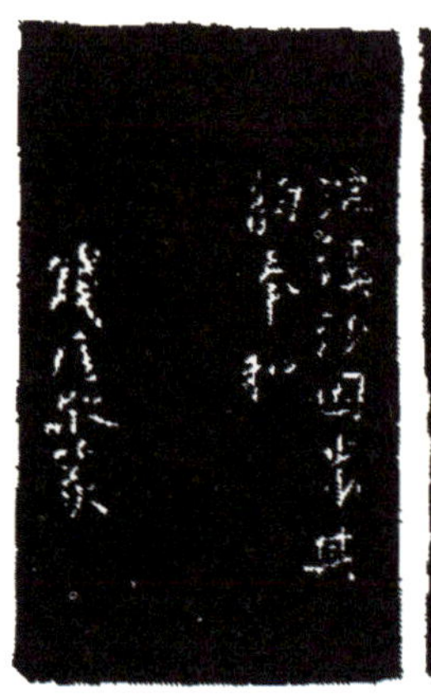

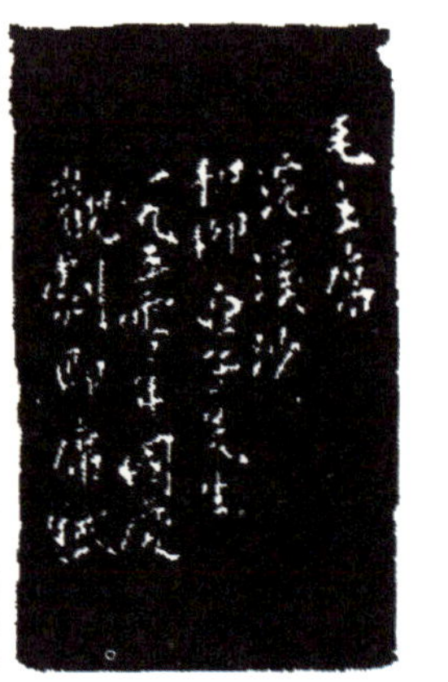

來楚生

佛門醒悟彩雲留，元化沙塵禪境修。
此後了因隨五蘊，苦思鬧市筆搔頭。

來楚生：一九〇三——一九七五，原名稷勳，號然犀、負翁、楚凫等。浙江瀟山人。書畫別具一格。印追秦漢，生辣獨步，正奇渾脱，簡逸行世，尤好肖形印。著《來楚生畫集》、《來楚生法書集》、《來楚生印存》。

佛門醒悟彩雲留，元化沙塵禪境修。此後了因隨五蘊，苦思鬧市筆搔頭。
稷石先生詩一首
丁酉初夏 中觀

書法作者：中觀法師

楚生一字初生又字初二門　息交以繼遊　不事邊幅（邊款）

佛印　肖形　大處落墨　縱意所如

印事正名

觸景探幽辨是非，揚雄學説卻相違。
事由別解愁心起，省識高枝誰得機。

漢朝揚雄著述：童子雕蟲篆刻，壯夫不爲。是如今印人假託高古，一片誇耀，以致訛誤。是篆刻非篆刻，實爲二碼事，論詞性，技也。雖印壇以篆爲主流，卻忌真草隸行，更違圖像肖形。余盡薄力，爲印章爭名，志而不屈，關乎人文符號之屬性，關乎事物之本質，道也！

書法作者：萬傳新

躬行實踐（吳昌碩）　只寄得相思一點（丁敬）　書畫僅能工小技棋詩終許作閒人（江介）　鶴壽千歲（徐慶華）

第一希有（陳巨來）　立節將軍章（魏晉）　越客（張魯盦）　屬瘉左尉（漢）

持印論事

隋唐權力紫泥監，掌下優遊紅日銜。始羡清齋緣寂寞，終教時代識非凡。

知白守朱，趨方復圓，攷古數千年之印式，苦心樂遊，大匠昭然。刀筆之下奇跡不止，習俗時代明瞭事理，皆是落落大方。古源信義，人格精神，道存目繫，美學相傳耶！

書法作者：張恒煙

騎督之印（魏晉）　胡澍之印（趙之謙）　納言右命士中（漢）　大吉（元）

罴郱大夫璽（戰國）　韓貴（元）　足吾所好玩而老焉（黄牧甫）　二鐙精舍（吴樸堂）

印源時序

印壇豈有二高峰，追本溯源需認從。
君見雙龍圖上躍，明清只是涉前蹤。

印傳淵藪，相聞秦漢、明清二高峰之説，引媒體稱道。窮其究竟，殷商踏實，秦漢盛舉，隋唐轉形，明清時尚，更見當下印壇山頭林立，高峰幾多？印史殊方，起伏奈何圓説。

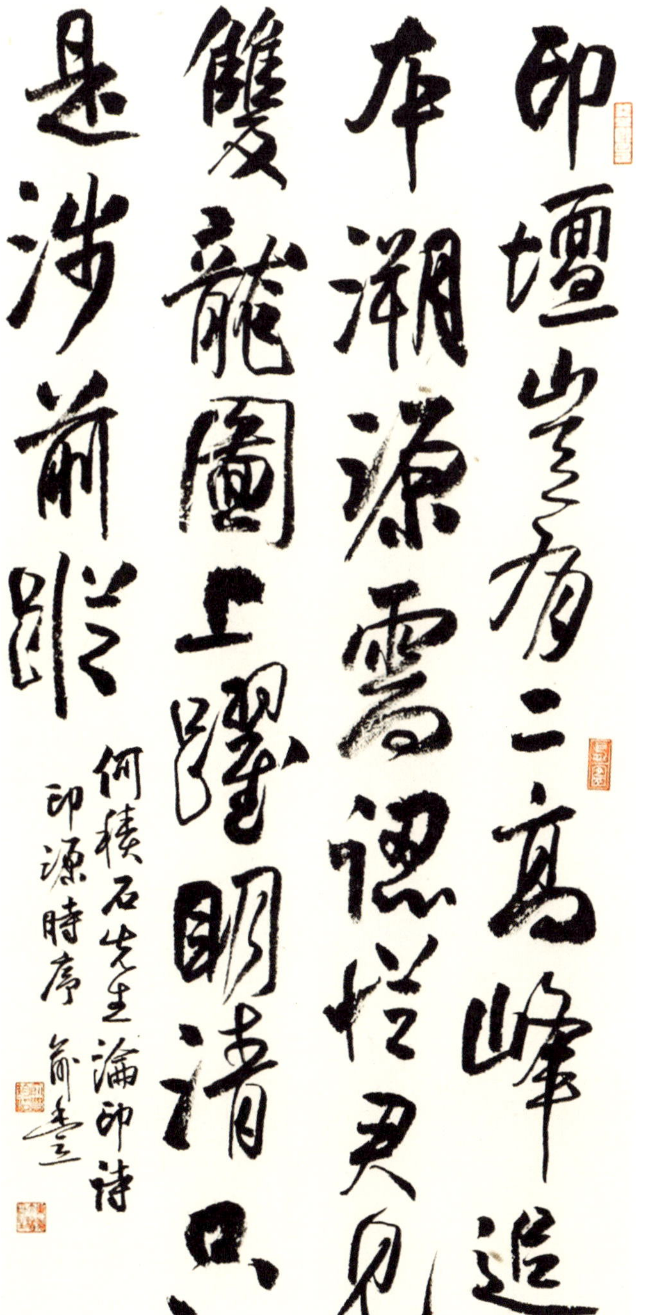

書法作者：俞 豐

收拾金甌一片分田分地真忙（方去疾）　大厂居士詩書畫記（易大厂）　曾鯨之印（甘暘）　朽木居士（潘天壽）

足無所好玩而老焉（吳讓之）　知止翰墨（陶壽伯）　備蠆（戰國）　暴書廚（吳昌碩）

丹青印緣

臨池禿筆少年狂，水墨相融詩韻藏。
畫理驚呼紅一點，陰陽和協迓朝光。

墨香落定，色紙相和，陰陽無礙。若紙業精緻，黑白尤顯，陰陽宜失調。好在先賢高明，集詩書畫印，顯東方雅意。點綴色彩，品鑒文化，温養心懷。脱略用印不可貪，多則火，少則陰，平衡化險爲佳也。

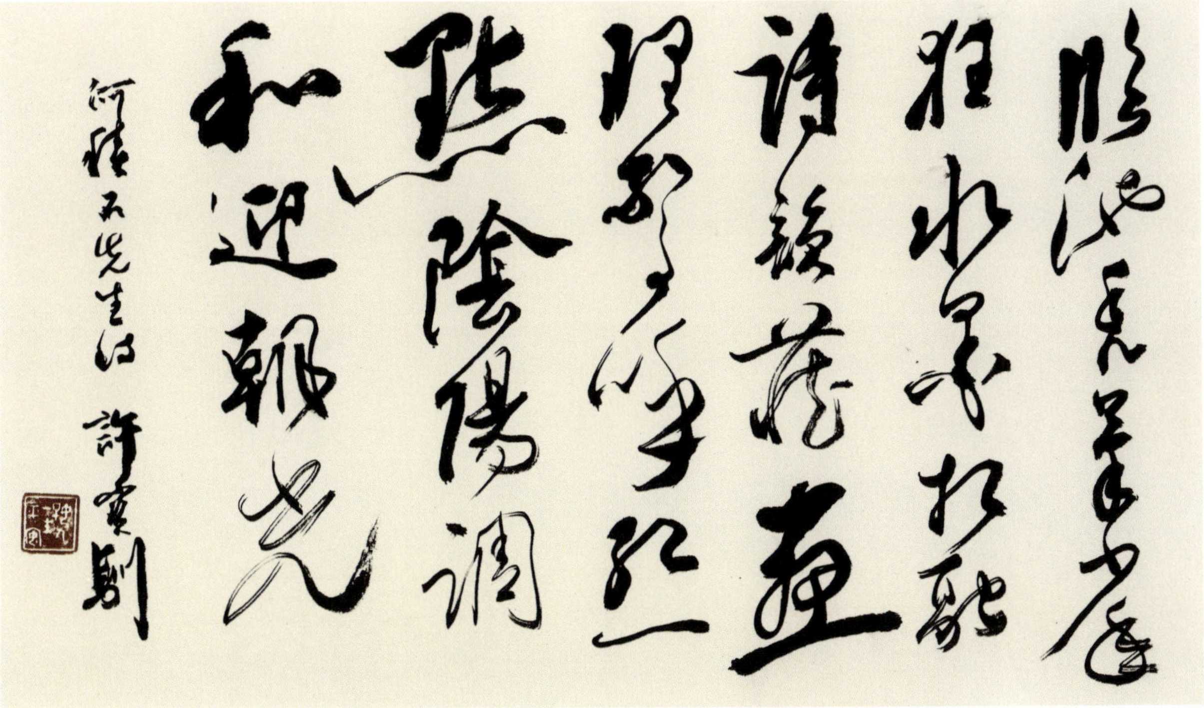

書法作者：許實馴

兼南陽別摇弋司馬（南北朝）　左桁斁木（戰國）　殘樹（吳讓之）　漢後隋前有此人（趙之謙）

大匠之門（齊白石）　十水五石（吳昌碩）　橫眉冷對千夫指（來楚生）　黄橋（吳子健）

金石開流

書淫厚古復雕蟲，習俗流今第一功。
倘若天機無此事，高玄印學亦稱雄？

古印以泥封爲利，鮮見石材。至紙業發達，才充供唐宋文人之書齋，金石學由此樹立。王冕、文彭諸賢銘心神助，緣石治印，雅意大開，引慕者趨之。青田、壽山石材繽紛傳世，終爲印家青睞矣。

書淫厚古復雕蟲習俗流今第一功倘若天機無此事高玄印學亦稱雄

何積石詩 戴小京

書法作者：戴小京

敬事而信（孫慰祖）　三餘堂（丁元公）　白髮書生（胡唐）　江南惟爾不風塵（方介堪）

默盦集古（陳巨來）　多生綺語磨不盡（頓立夫）　飽看西山（齊白石）　延福鄉人璽（易大厂）

印壇結社

丁王吳葉聚西泠，邀約缶翁同發青。
利益八方神力助，結團統一贊明星。

西泠印社以杭州地名而建稱，落湖山之絶勝處。念時局動盪，朝代更迭，因緣渡人也。吳隱、葉銘、丁仁、王禔諸賢以保存金石，研究印學之勝，群策群力，齊心創社，終成正果。百年以來，聘强人，張聲勢，雄四方，好事頻傳耳。

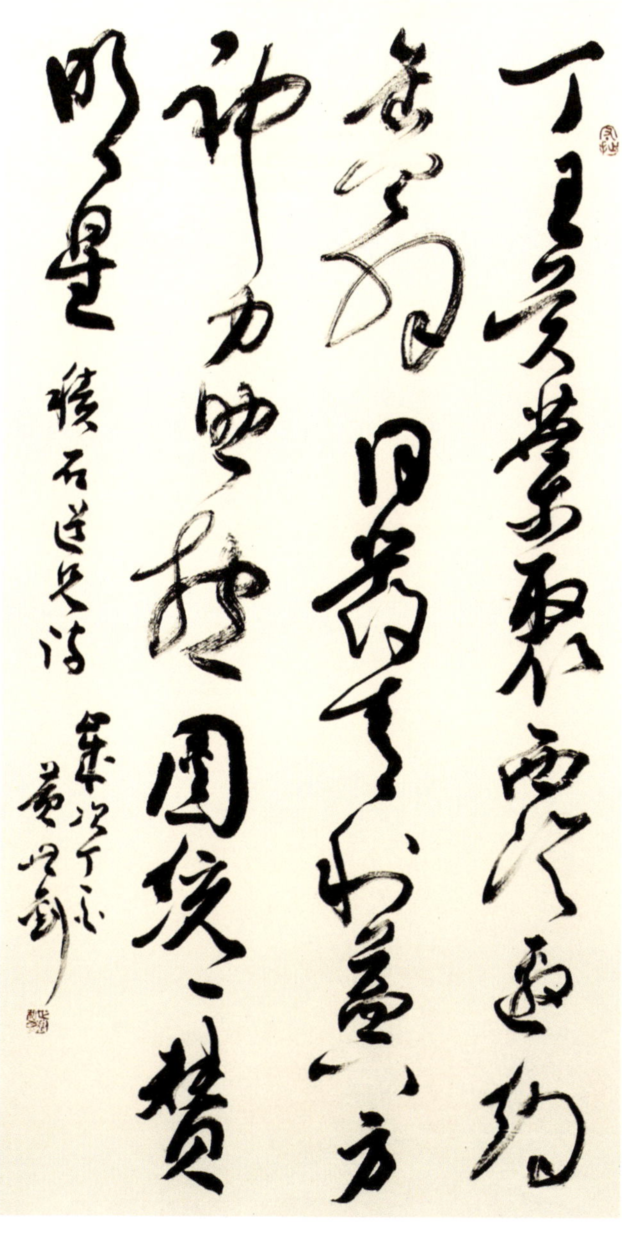

書法作者：黄世釗

行道有福（吴昌碩）　鑿金骨（沙孟海）　問羹（丁輔之）　湖山最勝處（韓登安）

補羅伽室私淑弟子（葉爲銘）　傳家祇要存書種（吴樸堂）　大學士章（吴隱）　見你總是去年的春天（茅大容）

刀法

一雕一鑿激情酬，洞達斧痕時尚謀。
紳士派頭神自在，拿雲手段篤悠悠。

沖刀、切刀、披刀、劃刀，花樣百出，微妙作爲。曲直方圓，工放粗細，因人適意，佳構莫愁。筆留歲月，心寄天涯，不盡方寸雅事，神奇使然，新法開懷，古風明性，時運相勢，脱略爲情之。

書法作者：趙技峰

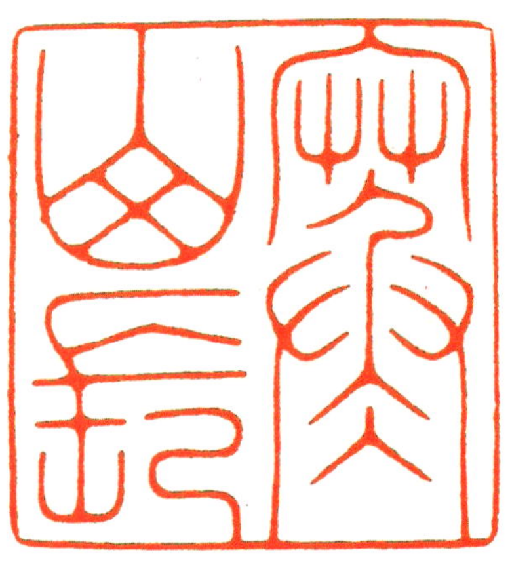
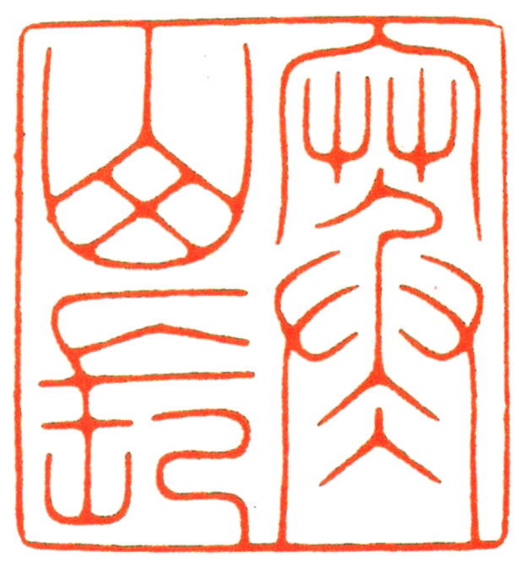

寒山長（林皋） 趣在有無之間（張燕昌） 愛己之鉤（吳昌碩） 思言敬事（戰國）

佫郎左司馬（戰國） 千石室（簡經綸） 此有真意欲辯已忘言（徐正濂） 遒侯騎馬（漢）

字法

望文數典伴青燈，舉筆通天已上乘。
只學當前珠玉選，也知快活至尊能。

真草隸篆，肖形圖像，試手寫心，皆符號再現，印相無窮，不逮也。古字新造，神明佐證，應機化境，樸拙爲要。縱有繁簡取捨，縱有理法神怪，秉性認真，善用者勝，大方美景，好風隨從矣！

書法作者：孫燕平

正官之璽（戰國）　武德長印（漢）　王淳耆（戰國）　人生只合駐湖州（吳昌碩）

草木閒情（石開）　楊義都尉（魏）　武猛校尉（魏）　於今鐵筆更宜堅（劉一聞）

章法

無拘搭配忌平均，涉險寬行似率真。
十二感時奇景出，方圓有度古今巡。

治印佈局，方寸文章，寓動靜巧拙於美醜，懷疏密正側於氣象。冰心應運，歲月造化，且主客共鳴，念時空解脱。是神境界，是法情趣，惟正氣呵成，惟與古爲新，惟寂寞天機，幾人可追？

書法作者：林仲興

三川護軍司馬（魏）　藏金于山（張遴駿）　萬歲無極（漢）　安州綾錦院記（遼）

瓦釜雷鳴（童衍方）　去疢　宜官　高遷　張雲　臣雲（漢）　家駐曹娥江上（黄牧甫）

魅力

美意加年天地參，昆刀離俗盡心探。
借山不負情如此，了卻煙雲筆已酣。

印無定法，道在其中，知長避短，抒情百種。近朱者赤，近墨者黑，藝兮術也，生氣遠出，蓋經意不經意之間，盡無常有常之趣。大道至簡，大美真善，詩文如此，書畫如此，印學如此，人文如此矣。

書法作者：丁申陽

玉山　玉山女史　金玥　閬仙　染香閣　玉山女史　金玥　金玥（許容）　講真話（何積石）　馬商得（戰國）　張熊私印（漢）

而今邁步從頭越（王丹）　悊禾敬明（戰國）　返老還童（童大年）　湖山一點楼（王大炘）

氣韻

鏗鏘人格歲寒銘，舊學能量大器形。
等是春風留一笑，拈鬚既壽在華亭。

天地元氣彌漫，人文情懷十足，寧靜致遠，中得心源，印風時尚也。窮疏密正奇之源，覓意趣相向之妙，行佳能修遠之質，陰陽塑造，了悟澄懷。擇古不造作，不浮華，曠達不虛，大器自成，文化會心矣。

書法作者：潘善助

永興郡印（隋）　軑侯之印（漢）　自愛不自貴（來楚生）　都鄉侯印（南北朝）

宣武將軍印（南北朝）　壽石（吳昌碩）　遁世未能（康殷）

意境

遠古千尋平淡降，修心一覺不勝扛。
斯文有寄情相託，習性沖虛莫怪腔。

司空圖《二十四詩品》，借之印界所鑒，分別避俗趨雅，如是神出古異，持善明理，詩性所至。安能委曲，妙造含蓄，法度求真，以求大象形外。陽春白雪，雅俗共賞，下里巴人，道不同不相謀，可信也？

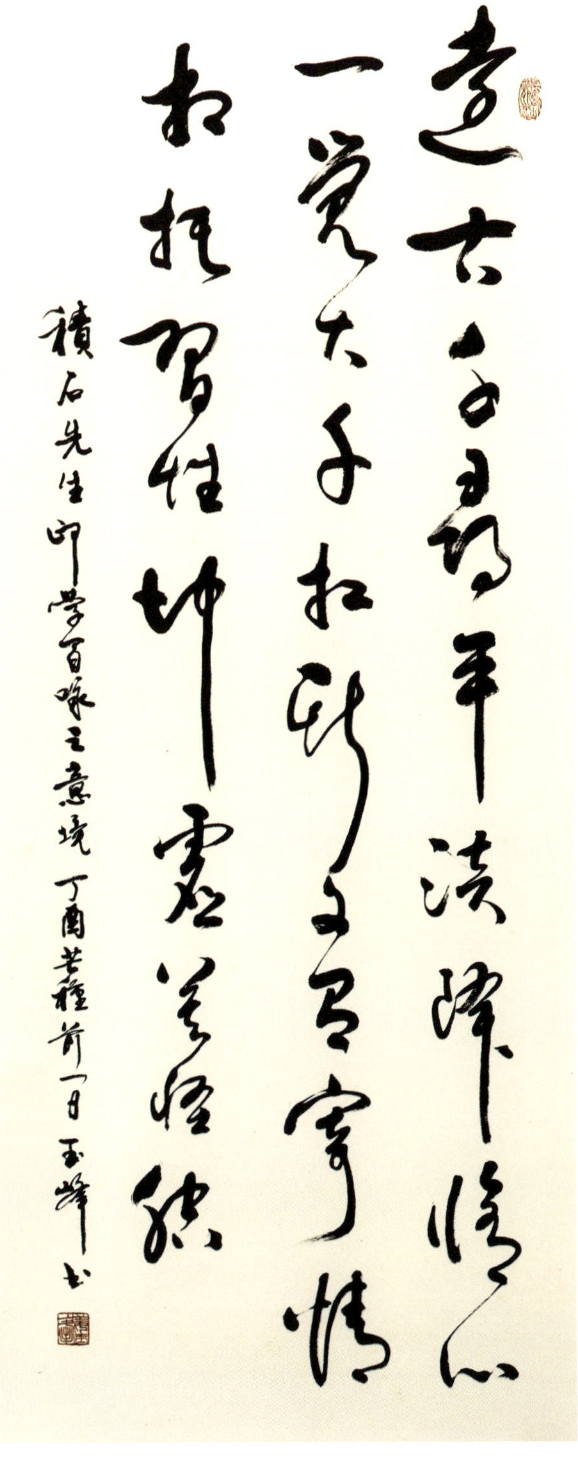

書法作者：姜玉峰

平西將軍章（漢）　無盡藏（錢松）　用和于丁丑乙酉之間所得（吳樸堂）　河山壯麗（葉露淵）

假司馬印（漢）　司牧官印（魏）　王廣（秦）　會稽周氏（陳師曾）

問印

誰家墨戲半生癡，吉語優先五藴奇。
要識高標書畫敵，論功款式豈神追？

抑痕爲印，標誌爲章，所寄通慧靈感，託付浮生。啻此，挑燈問印，引以爲史，得意忘機，吉語舒懷，故而風雨在心。觸目形影，玩賞見性，臻此真情，方寸無欺，書齋正等，善以爲美，善以爲福矣。

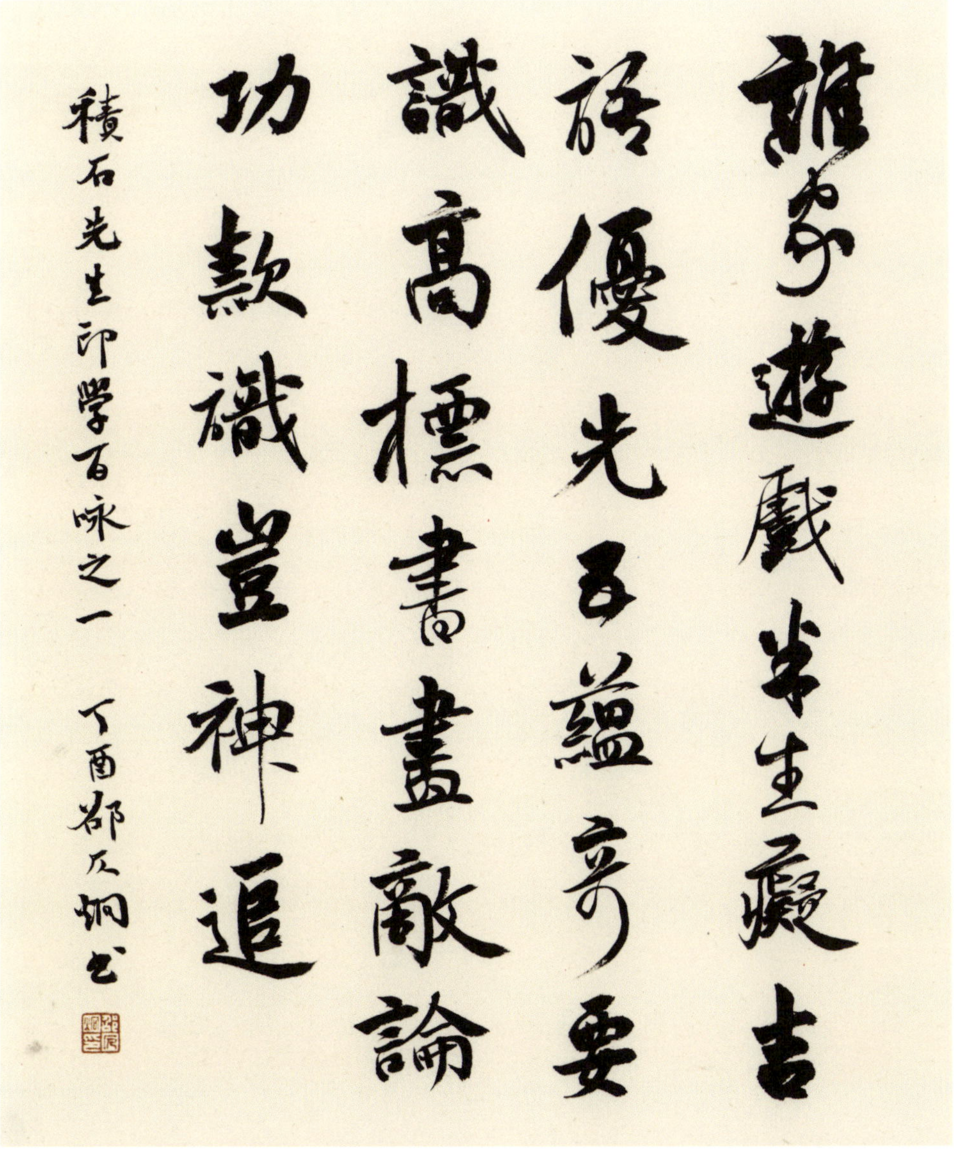

書法作者：邵仄炯

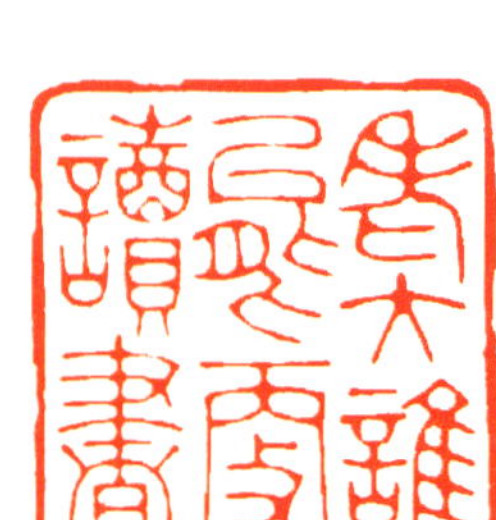

上書言事（趙之謙）　宮丞之印（漢）　信平侯印（漢）　手抄六千卷樓（沙孟海）

木訥近仁（張煒羽）　蔡口（戰國）　老大誰能更讀書（林皋）　右鹽主官（漢・原大25.5×23.5cm）

選印

苦鐵丹青添異趣，純芝筆墨建功勳。
振新漫步隋唐夢，放膽留心秦漢文。

立信示用，崇文尚藝，惟赤子初心而不動，抱殘八方，守缺決斷，詩文寫照，終期雅俗。是警句印章，是座右符號，悠悠感慨，歷歷空懷，長見時代之修爲。雖不能盡其學，蓋存質抱樸，辨先賢之神助焉。

苦鐵丹青添異趣純芝筆墨建功勳振新漫步隋唐夢放膽留心秦漢文 積石兄選印詩 丁酉新瘦劉永高書

書法作者：劉永高

御書（宋）　張九私印（漢）　王昌之印（漢）　尋澄私記（唐）

常須隱惡揚善不可口是心非（王玉如）　與古爲徒（陳茗屋）　赤城護將軍章（魏晉）　叔旦（丁衍庸）

識印

使真光景玩家參，寂寞傳心法定三。
耆古今期詩惘惜，至神仙處畫分擔。

天有陰晴寒暑之氣象，人有甜酸苦辣之味覺，藝有雅俗中庸之意境，印有工放朱白之質感。應緣而起，寄刀法、字法、章法，人心是舉；執魅力、氣韻、意境，美學爲證。大可士夫仰俯，足以自慰矣。

書法作者：董佩君

榿湩都米粟璽（戰國）　庚都右司马（戰國）　淩江將軍章（南北朝）　蘭干左尉（漢）

十晞髮山（吳樸堂）　陽州左邑右朩司馬（戰國）　胡鼻山人胡震之章（錢松）　長毋相忘（馬士達）

讀印

金石聲傳在冷齋，華章陶冶作書呆。
已稱盛世名山醉，更覺熱腸時代猜。

印事雖小，才藝萬千！呈五嶽之壯觀，顯二極之變化，妙不可計，流派緣何，極盡人文所致。天命貫融，文而化之，返璞歸真，灑脱知情，學然後知不足，當優哉遊哉！

書法作者：張偉生

米元章之印（宋）　長生無極（黃牧甫）　卜遠私印（顧聽）　海闊天空（錢瘦鐵）

大毛村記（五代）　生氣遠出（吳讓之）　四海之內皆兄弟（舒文揚）　二金蝶堂藏書（趙之謙）

治印

隨世狂歌曲直刀，對天夜坐問風騷。
只因小技古心處，直解殊勝倍自豪。

治印手段，滋彰金石之胸懷；汲古融今，標榜文飾之正果。種瓜得瓜，種豆得豆，仁山智水，雅懷自若。書生禮數，豐裕厚道，高逸挑剔，好風冥搜，介爾快意，不復精微，而後超乎象外，觀化環中也。

隨世狂歌曲直刀對天夜坐問風騷只因小技古心處直解殊勝倍自豪

積石先生詩治印
丁酉夏日賀孝芳書

書法作者：賀孝芳

佛印（何積石）　武勇司馬（魏晉）　龍驤將軍章（魏晉）　白雲深處是吾廬（吴諮）

負雅志與高雲（歸昌世）　上林尉印（漢）　畫梅乞米（吴讓之）　順武男則相（漢）

藏印

老夫樂見雅文化，有愛修行且盡歡。
閑作詩來相對笑，人生彈指幾番看。

士氣流傳，閒章不閒，直抒胸懷，隨喜寶之。慈悲夢許，富貴文同，投名感化，相思無惑，縱千古，極八荒，天地共存。躬行不恥，安逸永年，邃古神追，鮮美可觀。金石壽天下，吉祥言印中，美哉！

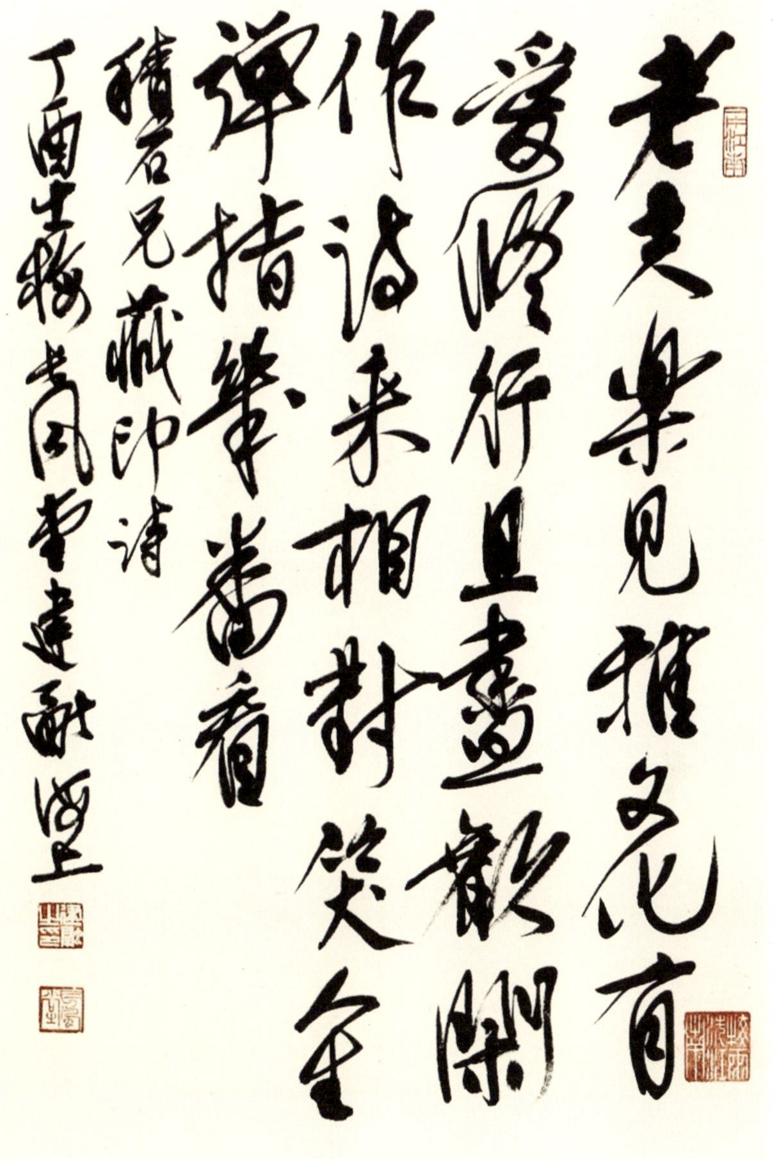

書法作者：徐建融

喜出望外（韓天衡）　所要者魂（錢瘦鐵）　下調無人采高心又被瞋不知時俗意教我若爲人（丁敬）

世人哪得知（王鏞）　千里之路不可扶以繩（吳昌碩）　宜子孫（魏）　不薄今人愛古人（來楚生）

金石聲傳在冷齋華章陶冶
作書呆已循盛世名山醉更覺
熱腸時代情

何積石先生詩論印
歲次丁酉初秋銅仁遠平書

書法作者：宋遠平

印壇豈有二高峰追本泝源自
相從君見雙龍圖上躍明清衹
是步前蹤

論印詩一首辛卯春日
山陰道上行人何積石并書

書法作者：何積石

書法作者：江　吟

後記

何積石

《印學百詠》承蒙上海書店出版社的雅意，即將付梓與大家見面了。聞著帶有海內外各界友情的墨香，撫今追昔，内心潮水般的湧動，既欣慰又惶恐。説起欣慰，千年文藝的因緣爲我所用，以致會心不遠，顯得彌足珍貴。正如英國作家福斯特所説：「不識藝術，向前的路只有一條；識藝術的會引發你走向許多條更廣闊的路。」説起惶恐，我這個「老三届」的小弟弟，直覺本性癡，眼界狹，詩學印學的感受差强人意，膚淺得很。此時此刻的我，理智幾許，感懷幾許，坦誠幾許，心目交集，遥對呼應。從某種理性與衝動的角度來講，冥冥註定，讓我承受這時代眷顧的使命，坐享那天賜交接的緣分。感慨之餘，領悟的歸領悟，商榷的歸商榷，共鳴的歸共鳴，證以情趣的演繹，彌補了勇猛精進，順其自然，放下便是的願景，而敝帚自珍。

原本想偷個懶，舍去那無關緊要的贅述，寫個拙詩小文引以爲序吧。我揣摩，能讀上這本小衆又小衆書的看官，非是印學達人就是藝林同道，大凡行家裏手，起碼稱得上資深學者。可是，不少朋友對這本書的出版，寄予厚望，再三鼓勵我寫上幾句，以便看官有個大概的瞭解和深入的交流。理由非常簡單，我則很糾結，值得寫嗎？汗顔的念頭總被疏懶的慣性拖拉著，待到樣本放在眼前，才硬著頭皮，放下手中的瑣碎雜事，權充一番「太古印魂追到今」的神遊，確是不錯。

儘管有點「爲賦新詞强説愁」，所獲的詩心在梳理中温故而知新，心緒綿綿。既然如此，何樂不爲呢？趁著詩餘之趣，探由其本，自遣因緣。或許會有新的發現，新的契機，新的補益。好吧，問心據實，自我招來，任憑看官的檢閲、挑剔、指謬和斧正，這一切的一切，甘願期待著。時下研究印學的作者可謂數不勝數，已有理論高度的豈止成百上千，大有「山外有山」之勢，浩浩蕩蕩。但運用詩學語言貫穿印文化的，倒不多見，何不放膽嘗試其樂。印爲風流，詩當别裁，驀然回首，初心未改。坦白地說，印學的道理就是「人學」的道理，人品藝品，雅俗其中，傳遞的是一種人文境界所需的意象，卓然可辨，真實不虛。

有感於此，且作如下漫談，算是「拋磚引玉」吧。

事由別解閒心起

從印五十春秋的我，藉以「暴風驟雨」的洗禮，感悟著時代脈搏的跳動，感悟著人文情懷的遷移，遂心問道，道可道，非常道，平常道。於是順勢而爲，捧讀起古今印家滔滔不絕的高論，博雅稱奇，一會兒印章，一會兒篆刻，大有「隨行就市」的感受，以致不加分辨，習以爲常。我驚詫，聯想自己，曾經也隨俗而遊，苟能爾爾。好在我借來敬造佛印的視角，循著事物本相的追索，猛然間，一個大大的問號從心頭升起！沉思良久，面對那變化萬千的中外文字印，面對那有別文字的肖形圖騰印，悉數被好事者列入「篆刻」的名下，豈有「求真」的學術之理！難道印章與篆刻的本意是一回事嗎？通俗的根源又在何處？誰能說清！奇怪的是，從事印章創作者人云我云，從事印學研究者亦人云我云。我的好奇心被深深觸動，冒著神方賦予的勇氣，反思、假想、剖析、定義，隱約中捉摸到高論的誤區。有人依託揚雄學說的來歷，有人提出「先篆後刻」的創作理念，有人以約定俗成的理由既定事實，更有人以「文化人」標榜自我的高雅。

雖然一時難以分清，看官不妨從所獲見的資訊中觸類旁通，層層披露，辨證事態，或許能知其然而知其所以然。大家知道，印學的研究自元代趙孟頫起，業有七百多年的歷史。當時的印學水準，僅僅停留在雅玩去俗、求樸好古的層面上，善念諄諄。有意思的印壇至今，一不小心地被篆刻的「申遺」越俎代庖了。這種任性的結果，推波助瀾地成爲投名的時尚。恍惚中我不知所措，是高雅藝術的提升還是學術品位的專制？何不尋個名正言順的依據和說法告於天下！記得羅福頤先生在《古璽印概論》

的第二章中，列舉了「歷來璽印名稱的變遷」，引用了符節、璽印、圖書、朱記、畫押等等稱謂，獨獨不見「篆刻」二字，可能被遺漏！可能被捨棄！我帶著格物致知的感受，遵照邏輯理論的要求，述其境遇，探究是非，遂及本質，揭其面目，證明「符號」的藝術文化。

說句大實話，印章原是「印成符號，章爲完美」的綜合體，其稱謂沿用久遠。針對歷史造成的新概念新時尚，其稱謂的演繹在應運中絲毫不脫印章作用的屬性，風光依舊，一脈相承。君不見真草隸篆印的空前爭輝，君不見生肖圖案印的廣深造化，君不見中外另類字體印的前後登場。篆刻呢？給人留下一種獨好篆字的錯覺，倘若查看字典，才知道篆與刻的詞義，在不約而同地指向技能的同時，與「詩書畫印」的藝術主張，格格不入，阿堵甚遠。通過質證，印章與篆刻的差異和區別，看官是否獲得鮮明的感覺，是否認識到「道與器」的本能語境。當然，篆刻主體創作的理念還是保持印章審美的方法，無可非議的。

觀照印章創作的根本，美學盡美，閒章不閑。試想，奧運會的「中國印」的概念應屬印章還是篆刻。如果用篆刻來考量，可能會承受不住「符號」的困惑，可謂糾結，可謂尷尬。筆者站在藝術發展的長遠立場上，大膽認爲：印章藝術的稱謂是合情合理，從古至今，井然有序，完整充分的，所具有的主體地位非它莫屬；篆刻僅此單一，更有排它的嫌疑，充其量只能算作最活躍最不可或缺的主流而已。主體與主流的關係就是主次定位的關係，在客觀辯證的分析上已經十分明瞭，萬萬不可再讓篆刻的小帽子來套印章的大帽子。有人不以爲然，以爲我在吹毛求疵。鑒此，只好由他本末倒置，顛三倒四了。

回顧篆刻稱謂的由來，大致可追溯到元、明的印學史，與西漢揚雄的「篆刻」界定完全不搭界，純屬兩碼事。揚雄指的是當時的社會刻字，根本沒有膽量去藐視鑄刻印章的大內工匠吧。這些鎔古鑄今的大內工匠，其素養與現代印家比較，誰有文化？其實，先賢王福庵先生的印壇作爲，就是非褒非貶，事實如是的現成例子。早在唐宋，飽學之士以識篆爲高雅，取古氣爲新奇，依託詩情畫意，開創了史無前例的「金石學」。元明之後，文人墨客對印章的雅玩要求提高到新的審美形態上，重視藝術氣息，關切理論研究，進一步挖掘作者内在的人格修養。趙孟頫的《印史》、甘暘的《印章集説》、周亮工的《印人傳》到龔自珍的《印説》、黄賓虹的《古印概論》、馬衡的《談刻印》——極大地推衍出印學領域的深度。當然，《篆刻十三略》、《篆刻針度》、《篆刻學》的立論也順著印學，名聲鵲起。當世的印章創作所資文字滿是篆書，「篆刻」稱謂的作用擁有不可辯駁的裝飾，諗於集存輯譜編册，「印」性未失。印旨、印學、印譜以及印社、印人的稱呼油然而生，也得到了社會各界的首肯。一些飽食印家爲了高人一等，别出心裁地以「文化人」自居，在推崇「篆刻」高古之時，鄙視落難書生的刻字小攤，損貶爲求生所作的各體皆備的「印章」，低俗匠氣。嗚呼，這種「傲慢」的風俗流傳至今，真是笑可笑之人。話説回來，那「館閣體」似的皇家篆刻，卻被視爲珍寶，屢上拍品天價。毋庸諱言，印章藝術的雅俗臧否，是站在因緣論定的基礎上，仁山樂水！不論藝術還是工藝，不論傳統還是創新，心心相印的烘染才是美的天堂。

囿於篇幅的原因，這裏就不再展開了。

和詩投老會知音

詩的情愫，詩的氣象，詩的意境，洋溢著風雅頌、賦比興、思無邪的人文至理，深深地融入國人的血液，獲得了一份儒雅意識的情操。正如西晉陸機《文賦》中所説：「籠天地於形内，挫萬物於筆端」，記事寫心，風騷各領，緣爲觀止，令人神往。王冕、文彭、丁敬、吳昌碩、齊白石、黄賓虹諸先賢，集喜怒哀樂之大成，綜合素養地承前啟後，去俗安雅，弘揚著「陽春白雪」的藝術大旗，然而豎起「詩書畫印」爲一體的不朽豐碑。精神所在，無上智慧，無上文學，無上藝術。回過頭看當下不少媒體，在引述趙樸初、啟功、饒宗頤的詩心文膽時，頻頻以「最後國學大師」的聲譽，不懈嘉褒。事實上，「最後」

的明確結果，反而暗示民族文脈在歷史風雨中，搖曳身影和頑强根基的珍貴。幾曾被「滅種」的年代，跌跌撞撞地保持著特立不阿的民族魅力，起伏於世界文化之林。「最後」的意思數來好笑，總不至於斷根絶種，標題的口號實爲害人匪淺，悲夫！

大家知道，時代意義的人生觀，文化精神的價值觀，民族生命的世界觀，對社會來説，何等重要！對個人來説，何等重要！我癡情，端著認真的童心，仰望先賢繼往開來的路，睜大眼睛，亦步亦趨，忙得不教一日閑，墨海澄心苦亦甘。唐詩的執著，宋詞的灑脱，乃至新文化的神韻，久成共識。王維的沖淡、李白的奔放、蘇軾的曠達、陸遊的孤高，詩緣包容，所愛淺嘗。三五首，七八首，輕吟暢想，雜詠抒情，率真生意，就事推敲，陸陸續續地衍化出「木已成舟」的心境來。這裏，我將一百零八首拙吟有趣地劃分出印式、印史、印人、印話的四個大塊，由此表達我對印學的感慨和認知，不免稚嫩，有些笨拙，自勉合理。

記得北宋梅堯臣指出：「作詩無古今，惟造平淡難。」詩言情，詩言志，詩言道，浮想翩翩，直解著那動人的「梅花消息」，應緣其事，志在當下。我承認「半瓶墨水」的摇晃，承認「書到用時方恨少」的無奈，承認「二句三年得」的延宕，偏偏神遇詩緣的承諾，注釋出夢幻般的希望，如願以償地享受著「詩書畫印」的精神生活。詩的意境，書的韻味，畫的氣象，印的感受，不能忘懷民族方塊文字的美，美不可言，在抑揚頓挫的聲調中展延天意，直擊心靈，醍醐灌頂。

「發乎情，止乎禮」，顧及的詩性就這樣稀裏糊塗地隨著浪漫的心境，會意、遐想、推敲、修正，最終愛的情感下挖掘自我，實踐自我，提升自我。對於藝術的形式，我不敢凌空蹈虛，惟心儀童真，心儀風骨，心儀美學，心儀文化而已。是《印學百詠》付梓之機，還在「勤能補拙」，叵測糾錯，乃是慚愧。最費心的是組詩詞匯的駕馭，一不小心就被「撞車」，引我捉襟見肘的難堪，有意思的改來改去，終究困惑，天數難違。聊以墨香繽紛，步步爲營，層層推進，回味著不離不棄，難捨難分的意境，或工或放，或曲或直，或隱或顯，猶如六月的菡萏燃燃綻放，美輪美奂的想象也。借用魯迅先生的話：「早就應該有一片嶄新的詩壇」，以爲如此。

問誰讀破古文章

拙吟初成，豈敢私藏，便從書架裏尋出一大堆印集，物色匹配有趣的印蜕，作爲配詩的範例。一詩一印的組合，頗爲生動，借助手機微信的平臺，分享萬能的「朋友圈」，嘗試初獲的效果。一來投石問路，激發印學的自我見解；二來敬畏文學，檢驗詩情的認知程度；三來聆聽師長的教誨，一併與同道切磋交流。日復一日，傻勁的「曬寶」持續了數月，終於贏得好一派的熱鬧，超越了我原有打擾大家的預想。不僅没被討嫌，反而得到各界友朋的支持和肯定。《中國藝術家網》、《印學研究》、《書畫研究》、《金石印坊》等媒體紛紛騰出金貴的版面，採用了不同的形式載録，令我喜出望外，溢於言表。

眼開到處詩消息，大匠經年不避嫌。趁著詩心的膨脹，索性一不做二不休，再度躲進淩亂的書房，翻箱倒櫃，尋寶似的遴選更多更精的印蜕，以祈詩印互動的完整，來奉獻看官。是舉，看似容易卻是難，選印的關鍵需要有的放矢，不能掉以輕心，避免張冠李戴的笑話。應該説，這次選印並非單純印譜的羅列就可了事，必須精益求精，再按圖索驥，近似苛刻。首當其衝地要考慮藝術的儒雅，又要把握技巧的豐富，更要落實形式的意趣；次之，在廣覽博識的變化，心有所住而不住，去僞存真，離俗取精；另外，要符合時代的特徵，符合人文的特色，符合學術的特意。正是這樣，選印的成功與否，直接影響到《印學百詠》編排的實際效果，三位一體，缺一不可，合理對待，相得益彰。這等做法，僅僅爲了讓看官品詩之餘，能夠根據分門别類的藝術架構，來欣賞古今名印，看那金石碰撞的魅力，激情四射；聽那意趣闡發的氣韻，博雅悠長。假如所選的印蜕認習氣爲個性，認扭曲爲情趣，認媚俗爲特色，其中的藝術素養和人文境界就被大大地減弱，甚至前功盡棄。總之，認清雅俗，順藤摸瓜，比較、推理、分析，實實在在地通過心靈的快感，唤起脱俗優雅的共鳴。這裏要感謝幫我收集、分類、對照、編排印蜕的不少朋友，道一聲：感恩，辛苦了。

這次印蜕的舍取，近似於荒唐，而不敢疏忽。比如甲骨文字的，學印的全知道，璽印起源已久，當時實物流傳至今的所見寥寥無幾，大都圖案式的，類似甲骨文字的印難以察覺，世上有無？需要時間來證明了。咋辦？好在流派印人中有所涉獵，幫我填補了這個配詩印的空白。最棘手的是隋代私印。大家明白，印章沿革史上只見隋代官印，至於私印的影子也被「石沉大海」，無緣相識，成爲印史一個難題，連權威專家也望洋興嘆。我憑著對古印解惑的勇氣，不恥下問，「大海撈針」，從預見合乎時代的印蜕舍取歸宿，盡在分析，盡在問道。倘若判斷有誤，應算好事，説明考古的步伐更上層樓啦！

官印私印，原本由「符號」而起，産生美感，産生信用，産生權益，從印語劃分官場的關係，劃分社會效力的關係。普天之下莫非王土，率土之濱莫非王臣。自古官家公私通吃，官印用在官場是陽謀，私印用在私下則是密謀。打個比方，我「李斯」可以私下治理你的「咸鄉右陽」；你的「軍資庫印」得聽我「端居室」的調遣。土豪劣紳在唐宋之前，幾個配得上用印？即便秦漢的姓名印、吉語印，也非常人能擁有。官印注重的是形式規範化，私印的因人而化，皇家引導。以致宋元印家取法，不同程度地參照對象而變化。

搜尋好印，選擇精品，充當獨大的評委，任性指點江山，真有點飄飄然，神兜得很。何爲好印？何爲精品？品鑒標準的美差由我裁定，清奇古怪，各領所好。傳統與創新，在藝術的角度上，本是一脈相承，没有矛盾，只有融洽，其實質界定的反映，顯然可見藝術家的人品和藝品。我的選印要求：就是不媚俗，不使怪，避俗爲先，文氣爲要，技巧輔之。假如有人提出創新，提出復古，提出個性。呵呵，雕琢率真留畫意，大塊精神平淡中，工拙正奇，斯文爾雅。秦漢有秦漢的魅力，唐宋有唐宋的氣息，明清有明清的情趣。歷史證明，道法自然，不器之器是文化轉變藝術的根本，士夫也罷，文人也罷，工匠也罷，任性不言中。

順便舉個例：一次品讀古畫，巧見明代「文壽承氏」的印跡，腦海中頓現文彭印譜所録的破殘少框的模樣。核對如意，不惜神奇，還其本相，正是因緣。

千鈞發力托詩篇

詩文的敲定，印蜕的輝映，照例是成書的時候。經過編排定當，發覺頁面佈局的對比有所失當，不夠理想。假設把詩文的字體放大，貌似彈眼落睛，效果反而顯得粗俗；假設印蜕精簡減少，聊備一格的意義就自然減弱。欠妥的結果使我既不忍割捨，又要保持整體的完美，奈何是好！有人以爲大開大合的效果也許不錯，設想總是不妥。如果一幅作品的有整體感，尚可，可幾方印蜕只是鬆散性的，效果就不一樣。只能通過手機朋友圈，啟動徵求墨寶的工程。想不到筆墨同仁如此信任我，紛紛爲拙吟揮毫。珍貴的墨寶從大江南北飛來，從海涯内外飛來，有百歲翁的，有風華正茂的，各行各業的書法作者給了我厚望，令我感動。特别在當下認錢的社會裏，不計報酬，甘願奉獻的少之又少。原只想作品尺寸小些，可結果有人用了整四尺的爲我加油，爲我添彩。在此深深地感謝大家。

這些墨寶的彙聚，匯成一個時代的文化系列。對我來説，無比珍貴，是無法用金錢衡量的；對書壇來説，各顯書體的神通，琳琅滿目，恰是傳奇，不可多得；對印壇來説，也是一個殊勝其妙的舉措；對詩學來説，展現的是一種天時地利人和的社會現象，富有可遇而不可求。詩有組詩，畫有組畫，印有套印，書法呢？聞之未聞，對我乃是鞭策。

這些墨寶，凝集著作者長年累月的創作功力。一筆一劃，一勾一勒，千錘百煉，顯現儒雅品質。請看，神情蜕變的真草隸篆，筆墨互動的枯濕濃淡，心身雙暢的人文情趣，隨著詩味形象的揮寫，激發起甲骨文、鐘鼎文、簡牘文、周大篆、秦小篆、漢隸、魏碑、唐楷、行草等書法藝術的生命理念。置身其間，仿佛移步换景的書法大展中，那横豎顧盼、點劃激蕩的墨蹟，那文氣卓越、聖情妙用的意境，悠然自得地欣賞著作者的人文情操，藝術修養和美學境界。有朋友看見這些墨寶，激動地對我説：這些作者，個個名家，人人高手，能成爲一個系列，真是少有，何況當代人書寫當代人的詩作，尤爲難得。

正如北宋蘇軾所指：「道可致而不可求，文不可學而氣可養。」衆所周知，純藝術的書法在詩情畫意的薰染下，襯托出虛與實、靜與動、工與放、正與奇、枯與濕、醜與美的墨韻變化，隨機誇張，隨機矛盾，隨機調和，脱胎於傳統而文而化之。當然，線條的藝術享受與詩文氣息的傳遞，可謂珠聯璧合，美不勝收。

這些墨寶的得來，並非一蹴而就，甚至難忘。在徵稿過程中，無可避免地見識社會種種的奇相。不知何時起，藝壇的見賢思齊已現實到見權思齊、見錢思齊的地步，講究實惠，講究運作，講究利益。按照市場慣例，道有道規，行有行規，也算公平，可偏偏有人愛好一只看不見手的法門，以爲了不起。拆穿了，就是借著「平臺」教寫字的抄字匠而已。我明白，這種「拗造型」的炒作，也是難怪，否則如何靠工薪去買房？如何去社會「風光」？講市場的作品未必水準高，講人情的作品未必水準低，人情、臉面、鈔票，孰重孰輕！此時此刻，也有「書法家」以名家身份理直氣壯地迷惑我，有人用「投名狀」的方式賄賂我，有人用俗不可耐的「館閣體」來忽悠我。頭銜掛著一大串，什麽主席會長，什麽大師巨匠，什麽社團派别，鮮有真才實學的，我素不待見，還是用作品講話才是「硬道理」。

純然，詩書畫印的藝術全由士夫文人自娛自樂肇始，所涉及的文化修養理應真情，理應高雅。反之，俗不可耐的技巧終難醫治。學藝問道，路在心中，心在感悟，悟出無掛無礙的天地來，能力有限是天數，真情品質乃文化，我信也。

野渡詩家不問天

這本小冊子自成稿至出版，充滿著期盼，總想對看官的熱情，有個好的交代，好的分享。這個要求也是情有可原。歷經時間的磨礪，也有點明白了，最終把理想中的種種好處化爲覺悟，守拙即可。這本有關印學的書，引伸出來的卻是社會人文學科，隨緣生喜。

野渡詩家，獨行其是，人如此，詩如此，印如此，雅俗之舉，以爲不敏，境遷時過，心安理得。

一路上得到眾多師長、同仁、朋友的關心、支持和幫助，在此一併致以真誠的感謝。

感謝陳佩秋先生爲本書題簽。

感謝書中作序題詞的詩家、書法家，包括社會各界卓越的同仁。

由衷地感謝出版社諸編輯的熱心和支持，但願有緣再相會。

奉上《人月圓》一闋，以爲小結：脱騷憑藉昆刀助，金石好因緣。臨窗邀月，千秋問道，情到詩添。圖騰符號，柔腸相醉，萬事平安。懷沙醫俗，紅泥美學，印説豐年。

二零一八年六月一日於百佛精舍南窗

再記

何積石

《印學百詠》的出版，猶如超級胎兒，況味持久，正應了好事多磨的「神遇」，傳奇不可。俗話說得好，好事的成功總要經歷一番多磨，是即是，非即非，以致「鐵棒磨成針」。雖然有點匪夷所思，我認命了，只是委屈了看官對拙書的關切和厚愛，應他們翹首以盼的問候，令我感動，好在彼此之間的情感可以理解，理解萬歲！

好事雖然多磨，我儼然自信，把事做好就好。正值時機，不妨把我新近摸索到的一點心得，拿出來向看官彙報，姑且算作應緣的補償吧。

摸索到的所謂心得，合是我對印學生態文化所想的一種反思和收穫。暢想上古，仰俯傳統，循道寄情，舒心達意。驀然回首，仿佛先民漁樵在向我招手，覺得頗有意思。順著天人合一的心境涉入，聯想翩翩，可謂受益匪淺！每當讀那奇妙的古文字，這一橫那一豎，風神綽約的筆墨線條，把圖騰孑遺的意象空間發揮到一個極致，念天地之大美於斯文。或虛實增減，或聚散離合，或形聲動靜，或正奇工放，夢幻般的寄託，令人入勝。內心由衷地升騰起一股敬意，禱告上蒼。恍然間，三皇五帝的奇傳歸結於具象之意而意，歸結於抽象之美而美，記録著人生百態的初心和意志，感天動地。竊以爲：定義的文字源於實踐的符號，實踐的符號源於大塊的心聲，涉事而呼，涉事而爲。尤其那三代以上的圖形文字，書兮畫乎，化古鎔今，帶著幾分稚拙，幾分真誠，昭告天下。雅致之餘，近書者書，近畫者畫，同意共質，修心養眼，讓古今人生活得更理智、更文明、更健康、更有意義。

儘管如此，輕吟著趙孟頫的題畫詩：「石如飛白木如籀，寫竹還應八法通。若也有人能會此，須知書畫本來同。」腦海中卻浮現出日月河山、鳥魚東西的古文字形象，以致書畫同源到共質異趣，不消青史，好比時代的讚美或鞭撻，令原本混沌的世界變得明亮起來。慈悲爲念，臧否愛恨。張彥遠通過《歷代名畫記·敘畫之源流》中指出：「書之體勢，一筆而成，氣脈通連，隔行不斷，維王子敬明其深旨。故行首之字，往往既其前行，世上謂之一筆書。其後陸探微亦作一筆劃，連綿不斷，故知書畫用筆同法。」無疑，書畫同源的共識，完全建立在古文字的形象之顯而論。

針對古文字與書畫同源的關係，我大膽作了設想，並有系統地解構了人文情懷，發現藝術浪漫的表達還是不夠完整，不夠充分。根據現有的實踐本身來分析，應該還有個適合造字功能的環境，來把握事物量變質變的舍取。我突然假設起造字之前的原始制約。没有文字，靈性的語言思維就欠缺許多，生活語境的交流盡由天命而爲，這一切的一切感慨並非淩空蹈虛，念天地而悠悠。鑒此，語言功能的發展，詎料了詩的意境，詩的感覺，詩的想象，無言以對，盡惺惺相惜。

漁樵共鳴，鬼神互動。意趣生動然後融會貫通，把人文嚮往的儒雅氣質轉化爲詩情畫意的塗鴉藝術，來祈願時空不及的神話。刻劃符號，展現文字，終於打破了別具天機的認知，在似與不似之間的印痕中留下上古文明的業蹟。久而久之，具有詩書畫印意味的方塊文字，便在敬畏中各司其職，盈盈其餘。

鑒此，閒心回味古文字的詩緒印風、書畫同源之真相，則人間臻福獻福也。回首殊勝，看官教正，感謝感謝，頓首頓首！小吟應緣：

泥痕解語古風先，超想神符數舊年。
燕雀流形驚刻劃，龍蛇定事醉纏綿。
心聲博雅春枝發，天道精微秋夢牽。
誠信史前文字妙，詩書畫印盡因緣。

己亥荷月記於申城雲間深處

何積石簡歷

何積石，又名何培榮，一九五二年十月生於上海，六八屆初中生。別署愚堂、三衡堂、百佛精舍、雲間深處，浙江上虞人。中華詩詞學會會員、中國書法家協會會員、中國博物館學會會員、中國藝術網藝術顧問、國家二級美術師。

好詩書畫印。著有《香港百年風雲印譜》，旨在和平；
《上海與國際友好城市印譜》，旨在和好；
《百佛印圖集》，旨在和緣；
《民族魂——歷代名人名句印集》，旨在和情。

另著《印學百詠》，旨在分辨印章与篆刻之学术。

並在上海美術館、上海城市規劃展示館等地舉辦個展，有《自詩自畫——何積石作品集》、《春華景明——何積石藝術作品集》。入展《海派書法晉京展》、《海派書法進京展》、《松江書法晉京展》，以及海内外不少賽獎。

其作品被北京人民大會堂、香港歷史檔案館、中國印學博物館、上海市檔案館、圖書館等單位及各界人士收藏。

圖書在版編目(CIP)數據

印學百詠/何積石著. —上海:上海書店出版社,
2020.6
ISBN 978 - 7 - 5458 - 1752 - 2

Ⅰ. ①印… Ⅱ. ①何… Ⅲ. ①詩集-中國-當代 ②漢字-法書-作品集-中國-現代 ③漢字-印譜-中國-現代 Ⅳ. ①I227 ②J292.28

中國版本圖書館 CIP 數據核字(2020)第 075819 號

責任編輯 楊柏偉　高　巍　何人越
技術編輯 丁　多
裝幀設計 汪　昊

印學百詠
何積石 著

出　　版 上海書店出版社
(200001　上海福建中路 193 號)
發　　行 上海人民出版社發行中心
印　　刷 上海麗佳製版印刷有限公司
開　　本 889×1194 mm　1/16
印　　張 15.5
版　　次 2020 年 6 月第 1 版
印　　次 2020 年 6 月第 1 次印刷
ISBN 978 - 7 - 5458 - 1752 - 2/J・427
定　　價 180.00 圓